LR

Lothar Rumold

Mythenlese

Ein mythographisches Sammelsurium

Bibliografische Information der Deutschen Nationalbibliothek:
Die Deutsche Nationalbibliothek verzeichnet diese Publikation in der
Deutschen Nationalbibliografie; detaillierte bibliografische Daten sind
im Internet über https://portal.dnb.de abrufbar.

Cover: Markus Jäger (www.mj-konzept.de)

Herstellung und Verlag: BoD – Books on Demand, Norderstedt

ISBN: 978-3-7526-8923-5

Uns ist in alten mæren wunders vil geseit
von helden lobebæren, von grôzer arebeit,
von fröuden hôchgezîten, von weinen und von klagen,
von küener recken strîten muget ir nu wunder hœren sagen.

Das Nibelungenlied

Inhalt

END- UND OPEN-END-SPIELE

INTROS

Im Hades zu Paris

Es war einmal eine Göttin, deren steinernes Bildnis stand auf der Insel Samos oder auf einer anderen der vielen griechischen Inseln. Vielleicht auch in Syrakusai auf Sizilien oder irgendwo in Kleinasien. Und wenn die Ortsansässigen in Gleichnissen sprachen, dann wurde regelmäßig ihr Name genannt. Heute sieht sie sich in Gestalt ihres in Marmor gehauenen Ebenbildes in die Katakomben des Pariser Louvre versetzt. Sie steht dort seit einer musealen Ewigkeit in einer Reihe mit anderen Göttinnen und Halbgöttern. Jeder kennt hier jede, meist ist man miteinander verwandt, viele verband einst eine innige Feindschaft, die hier aber keine Rolle mehr spielt. Denn sie alle treten nur noch in einer einzigen Rolle auf, nämlich in der des historischen Kulturguts, das darauf wartet, restauriert oder ausgeliehen oder exhibiert zu werden. Missbrauch folgt auf Missbrauch. Es geht ihnen im Museum nicht viel anders als den Tieren der afrikanischen, arktischen oder sonst einer Wildnis in den Exponat-Gehegen der sogenannten Zoologischen Gärten. Freiheit, Ansehen, Anbetung und Würde – das war gestern. Heute ist Kultur.

Auf dem Weg zum Bahnhof

Auf dem Weg zum Bahnhof wackelte unlängst vor mir so ein göttliches kleines Menschlein einher. Es bewegte sich tendenziell in dieselbe Richtung wie ich. Denn so etwas wie Richtung scheint es zunächst bei allem Eifer des anfänglichen Strebens nur als vage Orientierung zu geben. Hinter ihm schritt achtsam lenkend eine andere Mama Maia. Noch so ein Hermes, dachte ich, als ich das Blut von seinen, des Menschleins Händen tropfen sah. Wo mag er seine Lyra gelassen haben? Hat er sie schon an seinen großen, wenn auch nur halben Bruder Apollon als musisches Entgelt für die getöteten Rinder überwiesen? Von denen weit und breit nichts zu sehen war. Nur zwei Bullen in einem Streifenwagen fuhren vorbei. Uns entgegen eilte Papa Zeus, den Blick stur geradeaus gerichtet. Für dieses Mal hatte er sich in einen Hochgeschwindigkeits-Biker in voller Straßenkampf-Montur verwandelt. Gehweg hieß für ihn nur: geh weg! Und er kannte weder Hermes noch Maia. Erkennen wollte er heute einzig Persephone, seine und seiner Schwester Demeter Tochter.

VON ANFÄNGEN UND HERKÜNFTEN

Es atmet, also ist es

Im Anfang war übrigens ein einziges Chaos. Aber als es in diesem form- und gestaltlosen Chaos zu atmen begann, entstand bei jedem Ausatmen der Himmel und bei jedem Wiedereinatmen Zug um Zug die Erde. So etwa könnte es gewesen sein. Ein folgenreicher Anfang war demnach erst gemacht, als das Atmen zu atmen begonnen hatte und damit Gaia, die Erde ward, die beim Ausatmen über sich den Himmel Uranos exspirierte oder auch gebar. Als alles anfing, war es mit der Gestaltlosigkeit vorbei. Und mit dem Ende der allgemeinen Formlosigkeit begann das fortan Strukturierte sein Eigenleben zu führen, wovon sich Geschichten erzählen lassen. Der mythische, der erzählbare Kosmos, ist der Kosmos, der zu atmen begonnen hat.

Und es war finster auf der Tiefe

Wenn man uns nicht in einem gewissen Alter darüber aufgeklärt hätte, woher wir stammen, und wenn wir dann nicht aufgrund eigener Recherchen zu der Ansicht gelangt wären, dass an dieser Theorie etwas dran sein muss - wir hätten aufgrund eigener bewusster Erfahrungen keine Ahnung, wie, wo und wann wir zur Welt gekommen sind. Wie sich der einzelne Mensch ohne das Zeugnis anderer im Hinblick auf seine Entstehung ein Rätsel bleiben muss, so rätselt unsere Gattung nach wie vor an ihrer sogenannten Phylogenese herum. Denn welche Spezies könnte der unseren sagen, wie das damals im einzelnen vor sich gegangen ist. Kosmische Ausmaße nehmen die Schwierigkeiten bei der Rekonstruktion des Kosmos an. Am Ende, also an ihrem Anfang, werden die Sachen, denen man auf den Grund zu kommen sucht, undurchschaubar, um nicht zu sagen: chaotisch.

Am Anfang war also das Chaos. Und dann entstand aus dem Chaos zunächst und vor allem anderen die primäre Dunkelheit Erebos, worauf die Nacht Nyx folgte. So jedenfalls Hesiod. Das Chaos ist anscheinend so verworren, dass man in ihm nicht einmal zwischen Hell und Dunkel unterscheiden kann; "Chaos" ist mithin ein Synonym für "das, worüber man nichts sagen kann, außer dass es nicht nichts ist".

Damit es hell werden kann, muss es zuvor dunkel gewesen sein. "Komm mach mal Licht, damit man sehen kann, ob was da ist", sang Bertolt Brecht 1928 auf eine Melodie von Kurt Weill und einige tanzten Foxtrott dazu. Erebos, die Dunkelheit, kommt vor Aither, dem Licht - die Nacht Nyx vor dem Tag Hemera. Der Tag und das Licht sind bemerkenswerterweise Kinder der Finsternis und der Nacht. Wo die Nacht und die Finsternis am tiefsten, sind der Tag und das Licht am nächsten. Nyx hatte darüber hinaus Dutzende von Sprösslingen im eigentlichen Sinn, also von ungeschlechtlich entstandenen Nachkommen, wohingegen Hemera und Aither, die Personifikationen von Tag und Licht, mytho-genealogisch folgenlos geblieben sind.

Vom Abphall zur Aphrodite

Wie in Schillers Ballade zu Dionys, dem Tyrannen, Damon - so schlich zu Uranos, dem Titanen, dessen eigener Sohn Kronos. Im Gewand oder offen in der Hand hatte Kronos keinen Dolch, sondern eine Sichel. Auch wollte er nicht "die Stadt vom Tyrannen befreien", sondern den himmlischen Begatter seiner Erden-Mutter Gaia von dessen Männlichkeit, und zwar während des Vollzugs. Was er dann auch tat. Eine ziemliche Sauerei muss das gewesen sein.

Gaia hatte diese drastische Maßnahme der Familienplanung für erforderlich gehalten, weil Uranos, obwohl er unverdrossen fortzeugte, mit den Resultaten des ehelichen Verkehrs zwischen Himmel und Erde immer weniger zufrieden war. Auf eine Zeit der schönen Titanen-Heldinnen und -Helden war eine Periode der hässlichen Kyklopen und der nicht minder abstoßenden Hekatoncheiren (der "Hundertarmigen", um Namen zu nennen: Kottos, Biareos, Gyes) gefolgt. Als nun Uranos diese in den Schoß der Erde zurückzustoßen begann, entschied Gaia, dass etwas getan werden müsse.

Nachdem Kronos (er war als einziger der Söhne dazu bereit gewesen) dem Entmannungs-Wunsch der Mutter nachgekommen war und das Glied, um den grellen Vorgang abzuschließen, rücklings über die Schulter ins Meer geworfen hatte, tanzte dieses dort so lange auf den Wellen, bis aus dem weiß umschäumten Treibgut heraus Aphrodite, "die im Schaum Aufstrahlende", geboren wurde.

Aus einem vorübergehend nutzlos gewordenen Ding wurde unter Zutun des Meeres die Göttin der Liebe und Schutzherrin der Fortpflanzung und seiner Organe. In der Terminologie des Recycling ein klarer Fall von sogenanntem Upcycling, bei dem es zu einer qualitativen Aufwertung kommt. Vom Abphall zur Göttin - wenn das kein Quantensprung auf der ontologischen Karriereleiter ist.

Zum Stammbaum des Orpheus

Nehmen wir mal an, dass Apollon (und nicht "der einsame Jäger" Oiagros) der Vater von Orpheus war, dann hatte Orpheus zwar, wie es sich gehört, zwei Großmütter, aber nur einen Großvater, nämlich Zeus, der seinen Vater Apollon mit Leto und seine Mutter Kalliope (die älteste und weiseste der neun klassischen Musen) mit Mnemosyne (der Göttin der Erinnerung) dem Kosmos hinzugefügt hatte. Anders gesagt: Orpheus' Eltern Apollon und Kalliope waren Halbgeschwister.

Sie setzten damit eine inzestuöse Familientradition fort, denn Orpheus' doppelter Großvater Zeus hatte Orpheus' Mutter Kalliope mit der eigenen Tante Mnemosyne, der Schwester seines Vaters Kronos, gezeugt. Was, noch einmal anders gesagt, hieß, dass eine von Orpheus' Großmüttern (Mnemosyne) und einer seiner Urgroßväter (Kronos) Geschwister waren. Man könnte also sagen, auf der Ebene der Großeltern fehlte Orpheus nicht nur ein Großvater (Zeus spielte die Rolle des Doppel-Großvaters), sondern in gewissem Sinn auch eine Großmutter, da Oma Mnemosyne als Schwester des Urgroßvaters Kronos der Generation der Urgroßeltern angehörte. Überlassen wir es den Genforschern und Psychiatern, zu entscheiden, ob Orpheus trotz oder gerade wegen dieser familiären Defizite zum Urbild der Sänger und Dichter, Lehrer der Orphiker und Autor der orphischen Schriften geworden ist.

Zagreus

Wer, Menschenskinder, war gleich nochmal Zagreus? Richtig, das war der, aus dessen mit Titanen-Asche vermengten Rückständen Prometheus die ersten Menschen, genauer gesagt: die ersten Männer geformt hat. Die erste Frau wurde später in Gestalt der Pandora als andere Eva nachgereicht. Auch sie brachte der Menschheit nicht nur Gutes.

Zagreus aber war ein Guter, die Titanen waren die Bösen, also kommt immer dann, wenn wir Gutes tun, der Zagreus in uns zum Vorschein. Zagreus' Eltern waren Zeus und Persephone, die mitunter einfach nur Kore, also Mädchen, genannt wurde. Dieses Mädchen, mit dem Zeus den Zagreus zeugte, war sein Mädchen in doppelter Hinsicht. Erstens im uneigentlichen Sinn als seine (vermutlich minderjährige) Freundin, zweitens im durchaus eigentlichen Sinn von Tochter, wobei ihre Mutter (was einen jetzt kaum noch überraschen wird) Zeus' Schwester Demeter war. Dass Zeus keine Tabus kannte, ist das mindeste, was dazu zu sagen wäre.

Um die Eingangsfrage halbwegs vollständig zu beantworten, muss aber nicht nur die Herkunft von Zagreus und damit des Guten in uns beleuchtet werden, sondern man sieht sich im vorliegenden Fall gezwungen, mit quasi forensischer Akribie Nachforschungen über den Verbleib der noch vorhandenen leiblichen Bestandteile nach der Zerstörung von Zagreus' körperlicher Integrität anzustellen.

Die Auskunft, Zagreus lebe dank Prometheus in uns fort, ist gewiss nur ein Teil der Wahrheit. Nach einer zwar nicht unumstrittenen, aber hochinteressanten Theorie voller aberwitziger Windungen und Wendungen ist ein zentrales Element von Zagreus' Physis, nämlich das Herz, ausnahmsweise post und nicht wie sonst üblich ante mortem seltsame Wege gegangen. Bei Zagreus' Vernichtung durch die Titanen unter Anwendung eines Spiegel-Tricks blieb das Zentralorgan nach dieser Theorie (vertreten vor allem durch den Altkriminologen Michael Köhlmeier) unversehrt und gelangte in den Besitz von Zeus, der es zwecks gelegentlicher Verwendung an sich nahm. Denn schließlich war es das Herz jenes Sohnes, dem er eigentlich alles hatte vererben wollen.

Als Zeus dann später oder noch später eine Affäre mit einer gewissen Semele hatte, gab er dieser, aus welchen Gründen auch immer, das Herz seines von ihm so genannten eingeborenen Sohnes zu essen, worauf Semele mit keinem Geringeren als Dionysos schwanger war. "Unruhig ist mein Herz, bis es Ruhe findet in dir, oh HERR", sagt Augustinus. Doch Zagreus' Herz, aus dem nun der werdende Dionysos geworden war, musste erst noch den Weg durch Zeus' Oberschenkel nehmen, um dann als Dionysos oder "der zum zweiten Mal Geborene" zwar noch immer keine Ruhe, aber bis auf weiteres eine andere Art von Unruhe zu finden.

Wer also war Zagreus? Vielleicht erinnert man sich an den Rest, wenn man sich einprägt: Der designierte Nachfolger des Zeus, Sohn eines Gottes und zugleich halbe Menschheit und last not least der Proto-Dionysos.

Denn wir wissen nicht, was wir tun

Wie Christus kein Christ und Marx kein Marxist war, so hatte Ödipus keinen Ödipuskomplex. Wenn im Anfang das Wort war, dann war aber mit dem Anfang zugleich die noch namenlose Tat des Verbalisierens oder, wo weder Tat noch Wort war, das Chaos. Die aus dem Chaos geborene Tat des Ödipus, deren psychischen Hintergrund Sigmund Freud ein paar Generationen später einen Ödipuskomplex nannte, bestand aus zwei Komponenten: aus einem Totschlag und einem Beischlaf. Es liegt in der Natur der Sache, also des Menschen, dass der eine singulär blieb, während der andere notorisch wurde.

Beschlafen wurde von Ödipus seine Mutter Iokaste, totgeschlagen sein Vater Laios. Bekanntermaßen wusste Ödipus in beiden Fällen nicht wirklich, was er tat. Zum vollen Bewusstsein der Wirklichkeit seines Handelns hätte es gehört, dass Ödipus sich beim Vollzug der Taten darüber im klaren gewesen wäre, in welchem genealogischen Verhältnis er zu seinem jeweiligen Gegenüber stand. Auf einer hyperabstrakten Ebene läge ein Ödipuskomplex also immer dann vor, wenn eine handelnde Person nicht im vollen Bewusstsein der situativ-kontextuellen Implikationen agiert - also praktisch immer und überall. Obwohl Freud es wohl etwas anders gemeint hat.

Um wirklich zu wissen, was er tat, als er jenen älteren Mann, mit dem er bei der Überquerung eines Wasserlaufs in Streit geriet, kurzerhand totschlug, hätte Ödipus nicht nur wissen müssen, dass der Mann Laios hieß und sein Vater war. Sondern es hätte ihm zumindest auch noch bekannt und bewusst sein sollen, dass der Vater ihn vor Jahren nur widerwillig gezeugt hatte, weil sein erotisch-sexuelles Hauptinteresse damals dem schönen Jüngling Chrysippos, dem Sohn von Pelops, König von Pisa, galt. Den hatte Laios mit Pelops' Einverständnis mit nach Theben genommen, da in Pisa dicke Luft war. Denn Atreus und Thyestes, die beiden älteren Halbbrüder von Chrysippos (dessen Mutter eine Baum-Nymphe war), machten dem von Pelops Bevorzugten das Leben zum Hades. Und so weiter und so fort. Einmal mehr wird deutlich, dass und wie alles mit allem zusammenhängt, und dass ein (wenigstens männliches) Dasein ohne Ödipuskomplex (wenigstens im abstrakten Sinn) praktisch nicht möglich ist.

Eine Prüfungsfrage

Eine Klausurfrage zum Abschluss einer Einführung in die Genealogie der griechischen Mythologie könnte beispielsweise lauten: Mit welchen möglichen familiären Hintergründen ist zu rechnen, wenn Atreus seine Nichte Pelopeia und deren Sohn Aigisthos bei sich aufnimmt, und dieser Sohn zugleich der Neffe von Atreus ist?

Antwort: Entweder ist Pelopeia die Tochter einer Schwester oder eines Bruders von Atreus, sonst wäre sie nicht seine Nichte. Wenn sie die Tochter einer Schwester ist, dann muss (Inzest-Fall Nr. 1) Atreus einen Bruder haben, der mit Pelopeia, also seiner und Atreus' Nichte, Aigisthos gezeugt hat, sonst wäre dieser nicht der Neffe (der Geschwister-Sohn) von Atreus. Wenn Pelopeia dagegen die Tochter eines Bruders von Atreus ist, dann gibt es zwei Möglichkeiten. Erstens (Inzest-Fall Nr. 2): Ein dritter Bruder hat mit seiner Nichte Pelopeia (der Tochter seines Bruders, der nicht Atreus ist) Aigisthos gezeugt. Zweitens (Inzest-Fall Nr. 3): Der Bruder, dessen Tochter Pelopeia ist, hat selbst mit dieser seiner Tochter einen Sohn (Aigisthos) gezeugt, der als sein Sohn der Neffe seines Bruders Atreus ist.

Mythologisch verbürgt ist bekanntlich Inzest-Fall Nr. 3, der gravierendste von allen. Nicht unerwähnt bleiben soll, dass Atreus' Zwillingsbruder Thyestes, der Vater von Pelopeia und von deren Sohn Aigisthos, die Vergewaltigung seiner Tochter auch als vorweggenommenen Brudermord erlebt haben muss. Der zukünftige Sohn sollte, wie es vom Delphischen Orakel auf Thyestes' Anfrage vorhergesagt worden war, zu Ende bringen, was schon im Mutterleib als unversöhnlicher Streit zwischen den heil- und gnadenlosen

Zwillingen begonnen hatte. An die zwanzig Jahre Kerkerhaft des Thyestes bei Atreus in Mykene und die vorübergehende, scheinbare Wendung der Prophezeiung in ihr Gegenteil konnten daran am Ende nichts ändern.

Ledas Brut

Was machst du, wenn es klingelt und einer von Hermes bringt dir ein Päckchen, in dem sich ein in Noppenfolie eingewickeltes XXL-großes Ei befindet? Als Absender ist nur Olymp angegeben. Woher wissen die, wo ich wohne, wunderst du dich. Denn obwohl die sympathische Dame, bei der du neulich das weiße Olymp-Hemd mit dem aufsehenerregenden Innen-Stoff gekauft hast, sich sehr um dich bemüht und dich ebenso fachkundig wie freundlich beraten hat, wolltest du ihr deine Adresse zwecks regelmäßiger Zusendung von Informationsmaterial dennoch nicht mitteilen. Und hast stattdessen ihr Angebot, da es nach deinem Eindruck rein geschäftlich motiviert war, höflich, aber bestimmt abgelehnt. Und warum schicken die mir jetzt trotzdem ein Ei, und noch dazu so ein dickes?

Wenn du dich in der griechischen Mythologie etwas besser auskennen würdest und nicht nur die dubiosen, kaum noch authentisch zu nennenden Plots aus zweiter und dritter Nachdichter- und -malerhand rezipiert hättest, wüsstest du, was du jetzt zu tun hast: Mit dem Ei ins Bett gehen und mehr oder weniger geduldig darauf warten, dass sich aus ihm, dem Ei, eine schöne Helena herausschält.

Zeus persönlich brachte nämlich ein Ei wie dieses, das Nemesis, die Titanin, schließlich als Gans gelegt hatte, nachdem sie von Zeus in Gestalt eines Schwans, mit Verlaub: gevögelt worden war - Zeus also brachte solch ein Ei nach Lakedaimon (besser unter dem Namen Sparta bekannt) und ließ es vor den Toren der Stadt am Wegesrand liegen. Er vertraute darauf, dass binnen kurzem jemand vorbeikommen, das Ei finden und zu Leda, der Gemahlin des spartanischen Königs Tyndareos, bringen würde. Die Moiren gingen mit Zeus d'accord und so fand das Ei seinen Weg in Ledas Haute Cuisine.

Was sie denn mit dem Straußenei vorhabe, fragte Tyndareos, der gerade auf der Suche nach so etwas wie einem Horsd'œuvre war. Das habe bestimmt kein Strauß, sondern wahrscheinlich ein Geier gelegt, mutmaßte Leda, die zu drastischen Vergleichen und gewagten Hypothesen neigte. Sie wolle es mal ausbrüten, dann werde man ja sehen. Leda verzog sich mit der Fundsache ins Bett und gebar, wenn man so will, bereits nach wenigen Tagen das schönste Kleinkind der Welt. Helena, sagte Tyndareos, ohne zu wissen, wie er darauf kam. Unsere Tochter soll Helena heißen.

Orion: Ein Götter-Cocktail

Man muss sich das vorstellen: Drei Götter haben sich in Form eines gleichseitigen, man könnte auch sagen: sechsschenkligen Dreiecks aufgestellt und pinkeln auf eine Stier-Haut. Oder, noch grotesker, sie schlagen nicht ihr Wasser, sondern ihren ambrosischen Samen darauf ab. Natürlich ist Zeus mit von der Partie, ebenso sein immer zu Späßen aufgelegter Sohn Hermes. Aber auch Poseidon, der Bruder von Zeus und Onkel von Hermes, trägt sein Teil dazu herbei.

Und warum und wozu das Ganze? Um auf diese Weise ein Misch- oder Mixtur-Wesen zu synthetisieren, das neun Monate später aus Mutter Erde und der in ihr vergrabenen Stier-Decke und Ersatz-Plazenta hervorbricht. Und in erstaunlicher Geschwindigkeit zum großformatigen Jäger Orion heranwächst. Zeus konnte gerade noch verhindern, dass der hypertrophierende zweibeinige Cocktail mit dem Kopf ans Himmelsgewölbe stieß.

Wie es mit Orion (als Jäger ein primär ergebnisorientierter Kollege der mehr am Wie des Jagens interessierten Göttin Artemis) weiterging, ist, verglichen mit diesem fulminanten Start ins Leben, eher banal. Das Übliche eben: viel töten, ein bisschen vergewaltigen, ein ständiger

Wechsel zwischen Austeilen-Dürfen und Einstecken-Müssen. Und am Ende wurde er entweder von Artemis aus Versehen erschossen oder von einem hochgiftigen Skorpion gestochen - es gibt dazu erstaunlich viele, einander widersprechende Aussagen. Die Zahl derer, die ein Interesse daran hatten, Orion in den Hades zu schicken, scheint relativ groß gewesen zu sein.

Das mit dem Hades wurde dann aber doch nichts. In den Himmel kam Orion zwar auch nicht, dafür bekanntermaßen *an* den Himmel. Warum gerade ihm die Ehre zuteil wurde, als Sternbild zu enden und damit nicht ein für allemal, sondern (im Winter zumindest) jede Nacht erneut einen Abgang zu machen, lässt sich schwer sagen. Nicht nur Gottes Wege sind unergründlich, sondern auch die der Götter. Vielleicht kam man im Olymp zu dem Schluss, ein so spektakulärer Anfang verlange nach einem Ende, das etwas von einem Abschluss-Feuerwerk hat. Wer auf die Welt gepinkelt wurde, darf offenbar damit rechnen, dass er zuletzt an den Himmel gesternt wird.

Didos Intuition bei der Gründung von Karthago

Was tun, wenn man als Heimatvertriebene nur eine nicht mehr ganz neue Kuhhaut im Gepäck und ein paar Kupfermünzen im Beutel hat, aber dennoch ein Stück Land zwecks Gründung einer Stadt erwerben möchte? Diese Frage stellte sich der aus dem Libanon stammenden Königstochter Dido, nachdem ihr Bruder Pygmalion (nicht zu verwechseln mit dem gleichnamigen Bildhauer, dessen Brunst eine von ihm geschaffene weibliche Statue zum Leben erweckte) sie um das väterliche Erbe geprellt hatte.

Dido oder Elyssa, wie sie von ihren griechisch stämmigen Freundinnen genannt wurde, war mit dem ihr treu gebliebenen Teil der Diener- und Sklavenschaft auf dem sogenannten Seeweg, man lese und staune, über Zypern an ganz Kreta, Malta und Süd-Sizilien vorbei in den Norden Tunesiens gelangt. Dort wollte sie sich niederlassen und Karthago gründen. Mit dem Bau einer Burg auf einem Felsen am Meer sollte der Anfang gemacht werden.

Aller Anfang ist leicht, es sei denn, er ist schwer. Für Dido bestand, wie schon gesagt, die anfängliche Hauptschwierigkeit darin, dass sie nicht genug Geld dabei hatte, um den Numidiern ein Stück Land und vielleicht auch noch ein paar Ziegen und Schafe abkaufen zu können. Leider zeigte sich König Iarbas, der vor Ort das Sagen hatte, nicht besonders entgegenkommend.

Die alte Kuhhaut, sagte der Numidier, könne sie behalten, aber für ihre Kupferlinge gebe er ihr großzügigerweise so viel Land, wie mit Hilfe der Kuhhaut umrissen werden könne. Dido nahm Iarbas beim Wort und zerschnitt die Hautfläche in möglichst schmale Streifen, die sie aneinandernähte und von einem Punkt A am Strand des zukünftigen Karthago in möglichst weitem Bogen zu einem Strand-Punkt B führte. Für den Bau einer Behelfs-Burg würde der traumhaft schöne Platz am Mittelmeer grundflächenmäßig zunächst einmal reichen und danach würde man weitersehen.

Natürlich stellte sich die Frage, welche geometrische Form das mit Hilfe der Kuhhaut-Streifen eingefasste Territorium genau haben musste, damit sein Flächeninhalt so groß wie möglich war. Zwischen den beiden ihre Zuständigkeit postulierenden Experten, dem Geometer und dem Mathematiker, die Dido ins Exil gefolgt waren, entbrannte darüber ein heftiger Streit. Einig waren sie sich nur darin, dass es sich bei der Lösung der ihnen gestellten Aufgabe in fachsprachlicher Terminologie um die Lösung des isoperimetrischen Problems handeln würde. Doch eine Antwort auf Didos Frage nach der optimalen Form war nicht in Sicht, wenigstens keine theoretische.

Wäre der ehemaligen Prinzessin und zukünftigen Königin nicht irgendwann der Geduldsfaden gerissen und hätte sie dann nicht, ihrer Intuition folgend, mit dem Kuhhaut-Band eine Art Halbkreis geschlagen, wäre Karthago nie gegründet worden und kein Cato hätte je Gelegenheit gehabt zu sagen: "Ceterum censeo Carthaginem esse delendam." Denn erst gegen Ende des 19. Jahrhunderts gelang es Friedrich Edler zu beweisen, dass Dido mit ihrer Halbkreis-Hypothese vollkommen richtig gelegen hat.

Die Sau Phaia und ihr genealogisches Umfeld

Von Theseus' Geburtsstadt Troizen nach Athen sind es auf dem Landweg 160 Kilometer. Für einen, der gut zu Fuß war, sollte das in einer Woche zu schaffen gewesen sein. Hätte Theseus übers Wasser gehen könne, wären es von A (also T.) nach B (also A.) kaum mehr als sechs Stunden gewesen. Wie an anderer Stelle in Ansätzen berichtet, hat der junge Held dabei fünf oder sechs mehr oder weniger menschliche Wegelagerer und ein Tier in Form einer Sau zur Strecke gebracht - "clearing the highway of assorted bandits and miscreants" nennt das ein Internet-Lexikon zur griechischen Mythologie.

Das zu dieser gemischten oder auch schlecht sortierten ("assorted") Gesellschaft gehörige Schwein hörte auf den gar nicht so unschönen Namen Phaia, wobei, wer das oben zitierte Lexikon konsultiert, die Auskunft erhält, nicht das Schwein selbst, sondern dessen in die Jahre gekommene Halterin habe so geheißen und beide, die ältere Dame und ihr wahrscheinlich einziges Haustier, seien von Theseus mir nichts, dir nichts erschlagen worden. Träfe dies zu, wären Zweifel an der moralischen Integrität des später vergleichsweise populären Königs von Athen durchaus angebracht. Musste der Tod der Greisin als Kollateralschaden in Kauf genommen werden? Was konnte diese dafür, dass ihr wählerisches Schwein nur Menschen fraß? Oder hatte die Alte selbst es ihm beigebracht? Und, wenn ja, warum?

Wirft man allerdings einen Blick auf den Stammbaum des getöteten Tieres, wird die Berechtigung der ethisch begründeten Zweifel an Theseus' Moral wiederum in Zweifel gezogen durch das Bild des Schreckens, das sich dem genealogisch informierten Auge darbietet.

Mütterlicherseits stammte Phaia, die Sau, möglicherweise von Chrysaor ab, der zusammen mit Pegasos dem Rumpf der durch Perseus enthaupteten Medusa entwichen war. Über Phaias Großvater Chrysaor selbst kann nichts Nachteiliges berichtet werden. Der Umstand, dass er, wie sein Name schon sagt, mit einem goldenen

Schwert in der Hand zur Welt kam, spricht per se noch nicht gegen ihn. Anders sieht die Sache bei Chrysaors Tochter Echidna aus. Um wenigstens eine Ahnung davon zu vermitteln, mit wem man es zu tun bekam, wenn man es mit ihr zu tun bekommen hat, wird hier der griechische Dichter Hesiod zitiert, der in seiner Theogonie schreibt, Echidna sei "ein unsagbares Scheusal, halb schönäugiges Mädchen, halb grausige Schlange, riesig, buntgefleckt und gefräßig" gewesen. Da findet man es dann auch nicht mehr befremdlich, dass Phaias Mutter Echidna in Phaias Fall keine Tochter geboren, sondern ein Ferkel geworfen hat.

Vollends suspekt wird einem die von Theseus erschlagene Sau, wenn man sich nach ihrem Vater Typhon erkundigt. Dass der zugleich als Vater aller Taifune bezeichnet werden kann, wird zur Nebensächlichkeit, sobald man erfährt, dass die erdige Urmutter Gaia sich mit dem höllischen Tartaros eingelassen hat, nur um ein Monster zu kreieren, das stellvertretend für sie Rache nehmen sollte an Zeus und den anderen Göttern wegen deren Unterwerfung der Titanen und Giganten. Warum letztere der Mutter aller Mütter lieber waren als ihre Enkel, die es immerhin zu Göttern gebracht hatten, wussten nicht einmal die Götter.

Allein Typhon tat, was von Anfang an seine Bestimmung gewesen war und verschreckte mit seinen zahllosen Gliedmaßen und Köpfen und seinem infernalischen Gebrüll die Götter so sehr, dass sie sich erst nach Ägypten und, dort angekommen, in die Gestalt von Tieren flüchteten.

Gott (welchem auch immer) sei Dank gelang es Zeus dann doch noch, Typhon zu besiegen und einigermaßen unschädlich zu machen, indem er ihn unter der Insel Sizilien begrub, wo Phaias Vater seither mit den Aktivitäten des Ätna in Verbindung gebracht wird. Bevor es dazu kam, muss Typhon noch Zeit gefunden haben, mit dem gefräßigen Schlangen-Weib Echidna ein nicht minder gefräßiges, aber insgesamt relativ normale Schwein zu zeugen.

Als die Sau endlich zur Strecke gebracht war, soll es in Krommyon, wo Phaia bis kurz vor Theseus' Eintreffen ihr Unwesen getrieben hatte, nach Schweinebraten gerochen haben, obwohl Tiere, die sich hauptsächlich oder auch nur bei sich bietender Gelegenheit von

Menschen ernähren, im Sinne einer onto- und ökologisch korrekten Nahrungskette für den menschlichen Verzehr eher nicht infrage kommen. Aber wenn es in der mythologischen Antike schon nichts wirklich Ungewöhnliches war, dass man mit der eigenen Tochter oder Mutter schlief, warum sollte man dann nicht auch das Filetstück eines Schweins genießen, das ein paar Monate zuvor den Vater oder den Sohn des Nachbarn gefressen hatte.

Attis und Kybele: Erste und letzte Zuckungen

Was Sigmund Freud den Mädchen im Vorschulalter unterstellte, nämlich das bange Leiden unter der furchtbaren Vermutung, sie seien womöglich kastriert worden, war für Kybele schmerzliche Gewissheit: Die Götter hatten sie entmannt, ihr also die Männlichkeit im physiologischen Sinn abgeschnitten - möglicherweise mit derselben Sichel, mit der schon Kronos seinen Vater Uranos kastriert hatte. Wobei man irritierender- aber korrekterweise sagen muss: Eigentlich war es der Hermaphrodit Agdistis gewesen, der von den Olympiern entmannt worden war und hernach als disambiguiertes Wesen unter dem Namen Kybele postphallisch fortexistierte. Da es Agdistis nach der klärenden Operation wahrscheinlich im Wesentlichen nicht mehr gab, konnte allenfalls Kybele von sich sagen, dass sie ihres Gliedes beraubt worden sei, obwohl Kybele als Kybele nie eines besessen hatte. Hier tut sich ein logisch-aporetischer Ur- und Abgrund auf, in den zu blicken wir uns an dieser Stelle leider versagen müssen.

Agdistis war übrigens durch einen im eigentlichen Wortsinn feuchten Traum des Zeus entstanden. Denn als Zeus von dem erotisch unwiderstehlichen Zwitterwesen Agdistis träumte, ging ihm (mindestens) einer ab, um es einmal, und warum auch nicht, volkstümlich vulgär zu formulieren. So wurde aus dem geträumten utopischen Agdistis unversehens der im damaligen Hier und Jetzt eine Zeitlang real existierende. Bis er sich postoperativ und posthum in Kybele und einen herrenlosen Penis aufgliederte. Letzterer fiel auf fruchtbaren Boden und wurde zum Mandelbaum, der dann die in seinem Schatten ruhende Nana mit einer Mandel befiel und somit schwängerte, wonach dann Attis, welcher alsbald zum schönen Jüngling heranwuchs, geboren wurde - noch einen Moment Geduld bitte, dann schließt sich hoffentlich der Kreis.

Als nämlich Kybele auf der Suche nach dem ungeteilten Selbst eines Tages ihrem verlorenen Gemächt in Gestalt des Attis wiederbegegnete, wähnte sie spontan, dass durch eine Vereinigung mit Attis alles wieder gut werden würde. Attis aber, dem es an nichts mangelte, sträubte sich und wollte seine Familie nicht im Stich lassen, wobei ihm die Beziehung zu seinem Schwiegervater Midas noch wichtiger zu sein schien als die zu seiner Ehefrau Ia. Kybele trieb daraufhin in ihrem Neid und in ihrer Eifersucht beide, Attis und Midas, in den Wahnsinn und entweder kastrierten die sich dann gegenseitig oder Attis entmannte sich eigenhändig selbst - was so oder so dazu führte, dass er starb, wodurch Agdistis alias Kybele abermals das Nachsehen hatte.

Zeus wollte Kybele und Attis anscheinend keine zweite Chance geben, denn er weigerte sich, Attis vollständig zu reanimieren. Fast könnte man meinen, er wollte die schon wieder um den Penis gebrachte Kybele verhöhnen, als Zeus entschied, Attis in einem auf Dauer gestellten Wachkoma gelegentlich mit dem kleinen Finger zucken zu lassen - mal mit dem der rechten, mal mit dem der linken Hand.

VON HELDEN LOBEBÆREN

Pelops

Dass es eigentlich *die* Peloponnes beziehungsweise die Peloponnesos heißen muss, müsste oder sollte, wissen die wenigsten. Denn Peloponnes heißt soviel wie Pelops-Insel, also die Insel des Pelops, Sohn des Tantalos. Der hatte, warum auch immer, seinen Sohn und späteren Namensgeber des südlichen Teils von Griechenland den Göttern aufgetischt, als diese zum ersten und letzten Mal bei ihm eingeladen waren. Bis auf Demeter, die gedankenverloren ein Schulterstück verzehrte, nahm aber keiner der olympischen Gäste einen einzigen Bissen zu sich. Stattdessen verbannte man Tantalos in den Tartaros und rekonstruierte Pelops als schönen Jüngling mit einer Schulterprothese aus Elfenbein. Offenbar waren die nicht zum göttlichen Verzehr vorgesehenen Teile in der Küche oder wo auch immer wiedergefunden worden.

Es ist nicht zu leugnen, dass Pelops von seinem Vater übel mitgespielt worden war. Das allein rechtfertigt jedoch kaum, dass der von den Göttern Wiederbelebte Jahre später einen üblen Trick anwandte, um Oinomaos, seinen Schwiegervater in spe, bei einem Wagenrennen zu besiegen und damit in den Besitz von dessen Tochter Hippodameia samt Königreich zu gelangen. Ohne die unsportliche Manipulation des königlichen Streitwagens wäre Pelops Kopf aber sehr wahrscheinlich der dreizehnte gewesen, der, an Oinomaos' Haustür genagelt, signalisiert hätte: Hier wohnt einer, mit dem man besser nicht um die Wette fährt, falls es sich bei dem, was man bei dieser Wettfahrt als Einsatz aufs Spiel zu setzen bereit ist, um das eigene Leben handelt.

Heroen bei Windstille

Sie hatten sich in Aulis versammelt und nun warteten sie auf Wind. Denn ohne Wind keine Überfahrt nach Kleinasien; um Helena zu befreien, wie es offiziell hieß. Doch kommt man der Wahrheit möglicherweise ein gutes Stück näher, wenn man sagt: um Menelaos' davongelaufene Frau zurückzuholen, denn so ganz unfreiwillig war die schönste Frau der Mythen-Welt ihrem Prinzen, dem als Entführer getarnten Trojaner Paris, wohl nicht in die Fremde gefolgt.

Wer sich mit Google Street View durch Aulis und Umgebung klickt, bekommt eine Ahnung davon, wie das gewesen sein könnte. Die hochgerüsteten und zunächst auch noch mittelhoch motivierten Kämpfer waren gekommen, um den düpierten Menelaos zu rehabilitieren, und nicht um heldenhaft der Hitze und der Langeweile zu trotzen. Noch drei, vier Tage Flaute und die ersten wären wieder nach Hause gefahren. Allen voran wahrscheinlich Odysseus, der sich auf das trojanische Abenteuer ohnehin nur widerstrebend eingelassen hatte. Als seine zukünftigen Kampfgefährten kamen, um ihn abzuholen, wollte er sie glauben machen, er habe nicht mehr alle Amphoren in der Speisekammer und war mit Ochs und Esel vor dem Pflug, dabei Salzkörner säend, durch den Sand gestolpert. Doch wurde der dann doch noch nicht ganz so Listenreichen von Palamedes umstandslos als wortbrüchiger Drückeberger enttarnt und, wenn schon nicht mit gezogenem Schwert, so doch mit geschwungener Ethos-Keule zum Kriegsdienst überredet.

Was also tun? Agamemnon, bei dem die oberste Heeres- und Marineleitung lag, sah nur noch einen Ausweg - es musste jetzt schon Blut fließen, und zwar Menschenblut. Die in Aulis verehrte Göttin war Artemis; ihr wollte Agamemnon, da zeigte er sich großzügig, seine Tochter Iphigenie im Tausch gegen eine frische Brise anbieten. In der vom Militär-Seher Kalchas verbreiteten Version des Deals hieß es, Agamemnon habe beim Jagen mehr oder weniger aus Versehen einen

Hirsch der Artemis erwischt und die habe dann in Absprache mit Poseidon ein Segelverbot erlassen, daher die Windstille. Seefahrt werde es erst wieder geben, wenn Agamemnon ihr seine Tochter Iphigenie als Opfer darbringe. Was bleibe Agamemnon, so Kalchas, also anderes übrig, als der Göttin um des lieben Krieges willen den Gefallen zu tun. Punkt, kein Fragezeichen.

Das Menschenopfer verfehlte seine vermeintliche Wirkung nicht. Kaum war das Mädchen tot, erhob sich ein leichter Westwind. Einige sagten später hinter vorgehaltener Hand, der habe schon zu wehen begonnen, als der Priester noch das Messer wetzte, das er dann an Iphigeniens Kehle setzte.

Orestes, ein Held der Rache

Man muss kein Holzbildhauer oder Antiquitätenhändler sein, um sich für eine Geschichte zu interessieren, in der eine hölzerne Statue vom Himmel fällt oder schon gefallen ist. Solches soll der Fall gewesen sein auf der Krim, damals noch Tauris genannt. Der literarhistorisch reale Kontext des mythisch-fiktiven Ereignisses ist die im fünften vorchristlichen Jahrhundert entstandene Tragödie "Iphigenie bei den Taurern" des zu seiner Zeit mit Literaturpreisen überhäuften Dichters Euripides.

Rache-Morde und zunächst kein Ende. Agamemnon opfert aus, wenn man so will, meteorologischen Gründen in Aulis seine Tochter Iphigenie, weshalb ihn seine Gattin Klytaimnestra, als er zehn Jahre später aus dem Trojanischen Krieg heimkehrt, mit dem Beil erschlägt. Klytaimnestra wird dafür ihrerseits von ihrem Sohn Orestes mit dem selben Schwert getötet, mit dem Orest kurz zuvor Klytaimnestras Liebhaber Aigisthos den Kopf abgeschlagen hat. Dabei hatte Orest seinen Vater Agamemnon nie wirklich kennengelernt. Als er geboren wurde, kämpfte sein Erzeuger schon seit ein paar Wochen oder Monaten in Kleinasien, um die Herausgabe seiner Schwägerin Helena zu erzwingen. Und in den wenigen Stunden, die zwischen der

Heimkehr Agamemnons und seiner Ermordung durch Klytaimnestra lagen, wird für den Aufbau einer verbindlichen Vater-Sohn-Beziehung kaum genügend Zeit gewesen sein.

Tu' es nicht, hatte Pylades seinen Freund Orest beschworen. Du musst es tun und du wirst es tun, hatte dagegen das Orakel in Delphi apodiktisch verkündet. Was blieb Orestes da anderes übrig, als zur Tat zu schreiten und zum Schwert zu greifen, zumal das Orakel nur das bestätigt hatte, was ihm auch von seiner Schwester Elektra mehr be- als empfohlen worden war. Aber kaum hatte Orest seine Mutter ins Jenseits befördert, fuhren von dort her kommend die Erinnyen in ihn ein und der Mutter-Mörder wurde die Rache-Furien fürs erste nicht wieder los. Erst als er zusammen mit Pylades die eingangs erwähnte Holzfigur, übrigens eine Darstellung der Göttin Artemis, nach Athen ent- und überführt hatte, entspannte sich die Lage nachhaltig.

Um alle Aspekte dieser komplexen Tragödie, die Züge einer schaurigen Rache-Komödie nicht ganz verhehlen kann, gebührend zu würdigen, müsste natürlich zumindest noch erwähnt werden, dass in Tauris die tot geglaubte Iphigenie ironischerweise als opferwütige Artemis-Priesterin tätig war. Die Göttin hatte vor Jahr und Tag auf Iphigeniens Schlachtung im letzten Moment verzichtet und sie von Aulis nach Tauris teleportiert. Hätte der Rache-Reigen im Sinne des Vendetta-Gedankens seinen Sinn behalten sollen, hätte Orestes dort auf jeden und jedes treffen dürfen, nur nicht auf Iphigenie. In Tauris schloss sich ein Kreis, der sich nicht hätte schließen dürfen, falls die Logik der Rache nicht allen Orakel-Sprüchen zum Trotz einer peinlichen Befragung durch die unberechenbare Wirklichkeit hätte unterzogen werden sollen - hätte, hätte, Totschlag-Kette. Aber das nur nebenbei.

Zwei der Sieben gegen Theben

Beim Gang durch die, wie man meinen könnte, einem Bauplan von Maurits Cornelis Escher folgenden Räume des Mythologischen begegnen einem immer wieder Akteure, über die man allein schon ihres Namens wegen eine, also ihre Geschichte erzählen möchte. Amphiaraos ist so ein Fall oder, beinahe verheißungsvoller noch: Parthenopaios. Beide Namensträger gehörten zu den Sieben gegen Theben. Und für beide nahm das von Polyneikes, einem der unseligen, da inzestuös gezeugten Söhne des Ödipus, angezettelte thebanische Abenteuer kein gutes Ende.

Weil sie ihn nach seiner Selbst-Blendung und seiner anschließend verfügten Verbannung aus Theben schmählich im Stich gelassen hatten, verfluchte Ödipus seine beiden Söhne Eteokles und Polyneikes. Durch das Schwert des jeweils anderen sollten sie nach Ödipus' rachsüchtigem Willen zu Tode kommen. Der Versuch des Polyneikes, unter Mithilfe der sechs anderen altgriechischen Samurai die Herrschaft in Theben an sich zu reißen, schuf also nur die äußeren Rahmenbedingungen für die Möglichkeit der Realisierung dieser unväterlichen Option. Mitgegangen, mitgehangen. Warum Parthenopaios als einer von sieben Verlierern mit in den Krieg gegen Theben gezogen ist? Eine noch präembryonal zu verortende Traumatisierung wäre womöglich ein triftiger Grund, warum einer ein dubioses Angebot wie das folgende nicht ablehnen konnte: Komm mit, sagte Polyneikes zu Parthenopaios, etwas besseres als das, was wir gleich zu Beginn unseres Daseins erleben mussten, werden wir überall finden.

Die Zeugungs-Schande des Polyneikes ist hinreichend erörtert worden, ohne sie wäre die Psychoanalyse heute nicht das, was sie ist. Worin aber bestand die Schmach bei der Entstehung des Parthenopaios? Auch in seinem Fall war eine kategorische rote Linie unbeachtet geblieben - nicht die sexuelle Kontakte ausschließende Grenze zwischen Eltern und Kindern, sondern die Scheidelinie zwischen den Arten. Wenn ein Löwe eine Löwin begattet, sollte dabei kein Mensch heraus kommen, was bei Parthenopaios aber geschehen ist.

Mit Hilfe der Aphrodite war es Parthenopaios' zu diesem Zeitpunkt noch nicht vierbeinigem Vater Meleagros gelungen, schneller zu laufen als seine zukünftige Gemahlin Atalante, zu deren Gewohnheiten es gehörte, Heiratskandidaten erst beim Wettrennen zu schlagen und anschließend zu töten. Als Atalante sich gleich nach ihrer Niederlage ein wenig überstürzt im Tempel der Aphrodite von ihrem Bezwinger übermannen ließ, bestrafte die eben noch wohlwollende Aphrodite diesen Verstoß gegen ihre Hausordnung mit Verwandlung in eine andere Spezies. Da sie wie alle antiken Griechinnen und Griechen noch wusste, dass ein Löwe nur mit einer Leopardin, nicht aber mit einer Löwin kann, fiel ihr trotz der damals noch viel größeren Artenvielfalt die Wahl nicht schwer - bestand Aphroditens perfide Absicht doch darin, das Paar, dessen Paarung sie eben erst ermöglicht hatte, im nächsten Moment erotisch-sexuell für immer getrennte Wege gehen zu lassen und dabei wie zum Hohn den äußeren Schein der Zusammengehörigkeit zu wahren.

Der spätere Mitstreiter des Polyneikes wurde gleichwohl gezeugt und kam zur Welt. Psychisch wie physisch war er ein Mensch. Psychisch, indem er traumatisiert, physisch, indem er einerseits nicht irgendeine andere Spezies, andererseits aber auch nicht nichts war. Wofür es aus meiner Sicht nur eine Erklärung gibt: Parthenopaios' Vater war noch früh genug und Aphrodite zu spät gekommen. Im Klartext: Die perfide Verwandlung in ein nach antikem Wissen fortzeugungsunfähiges Löwenpärchen fand erst postkoital statt, wobei die Vorgänge zwischen Besamung und Geburt aus Gründen der mythologischen Distanz und der fehlenden einschlägigen Forschungsergebnisse im Dunkeln bleiben müssen.

Ein Händchen für die Erziehung von heroisch Begabten

Bevor Zeus Okyroë wegen unerlaubter Wahrsagerei in eine Stute - eigentlich müsste man sagen: Voll-Stute - verwandelte und sie den Namen Hippo erhielt, war sie eine Art Kentaurin, also eine hals- und kopflose Stute mit dem Oberkörper einer Frau. Eine Kentaurin war Okyroë alias Hippo allerdings nur der Gestalt nach, weil diese Einschränkung auch für ihren Vater Chiron oder Cheiron galt, der seine genealogisch bedingte morphologische Besonderheit an seine

Tochter weitergegeben hatte. Als veritabler und nicht nur Pseudo-Kentaur hätte Cheiron seinen Stammbaum auf den Wolken-Stecher Ixion zurückführen können müssen, dem es in angetrunkenem Zustand gelungen war, eine Nephele (das heißt "Wolke"), die er für Hera hielt, zu schwängern. Dabei entstand Kentauros und aus Kentauros' Verbindung mit diversen Stuten gingen dann die eigentlichen oder Original-Kentauren hervor.

Die Hand (altgriechisch "cheiro") der Hände aber hatte mit alledem nichts zu tun. Denn Cheiron war ein Sohn des Kronos, das heißt ein Enkel von Gaia und Uranos (also gewissermaßen ein Urenkel des Chaos) und als solcher ein Halbbruder von Zeus. Die Kentauromorphie verdankte Cheiron dem Umstand, dass sein Erzeuger Kronos sich weder von seiner Gemahlin Rhea noch von sonst jemandem beim Fremdgehen erwischen lassen wollte und Cheirons Mutter Philyra daher in Pferdegestalt erst den Hof und dann den Hengst machte. Neun, zehn oder elf Monate später mit dem Resultat des im wörtlichen Sinn abartigen Seitensprungs konfrontiert, wollte Philyra fortan lieber am Brunnen vor dem Tore eine Linde (Tilia) als die Mutter dieser - in ihren Augen - Missgeburt sein.

Wie sich später herausstellte, war Philyras Entscheidung für die Metamorphose - also für eine Art postnatal-symbolische Abtreibung - vermutlich voreilig gewesen. Denn Cheiron erwies sich als äußerst patenter Mann, den sie gelegentlich Pferd nannten, und auf den so ziemlich jede andere Mutter stolz gewesen wäre. Spätestens beim Lesen des Wikipedia-Eintrags ihres Sohns hätte Philyra ihre Tiliafizierung bedauert: "Er ist ein Freund der Götter, Erzieher der Heroen Jason, Aktaion, Aristaios, Achilleus, Kephalos, Meilanion, Nestor, Amphiaraos, Peleus, Telamon, Meleagros, Theseus, Hippolytos, Palamedes, Menestheus, Odysseus, Diomedes, Kastor, Polydeukes, Machaon, Podaleirios, Antilochos und Aineias, besitzt Kenntnisse in der Arzneikunde, galt gelegentlich als Begründer der Chirurgie und übernahm die Ausbildung des Asklepios zum Arzt."

Der im unpräzisen Sinn von Vollständigkeit Vollständigkeit halber soll nicht ungesagt bleiben, dass Cheirons Tod im unpräzisen Sinn von tragisch tragisch, nämlich ein Kollateralschaden war. Ein vergifteter Pfeil des Herakles traf ihn am Knie, nachdem der kraftstrotzende Held sich beim Einfangen des Erymanthischen Ebers mit irgendwelchen Original-Kentauren angelegt hatte. Das ist noch nicht die ganze Geschichte, muss für hier und jetzt aber als leidvolles Ende vom Lied genügen. Mythograph sein heißt, vom Eckchen aufs Steckchen und vom Hölzchen aufs Stölzchen zu kommen und eigentlich kein Ende finden zu können.

Paris: Eine Kurzbiographie

War es für eine Abtreibung schon zu spät gewesen? Nach dem Dafürhalten nicht weniger Freunde der Menschheit als Idee sollte es für einen Schwangerschaftsabbruch nie zu spät und selten zu früh sein - letzteres etwa dann, wenn die Zeugung noch gar nicht stattgefunden hat. Die Geschichte von der Nicht-Abtreibung des Paris scheint den Frist-Maximalisten recht zu geben. Denn wäre der Prinz von Troja gar nicht erst zur Welt gekommen, hätte es keinen Trojanischen Krieg gegeben. Oder doch nicht mit dem mythologisch verbürgten Personal an dem von Homer angegebenen Ort. Der Trojanische Krieg hätte vielleicht in Byzantion stattgefunden und nicht zehn, sondern nur fünf Jahre gedauert. Und womöglich wäre die Zahl der Opfer und Kriegsversehrten um die Hälfte niedriger, vielleicht aber auch doppelt so hoch gewesen.

Als Hekuba oder das Hekable, wie sie von ihren ins Schwäbische ausgewanderten Verwandten liebevoll genannt wurde, wieder einmal schwanger war, hatte sie einen Traum, in dem sie, die Königin von Troja, ein brennendes Stück Holz gebar, aus dem schlangenförmige Flammen züngelten. Zeus weiß warum - ihr medial begabter Stiefsohn Aisakos riet der aktuellen Frau seines Vaters Priamos nicht zur Abtreibung, sondern zur Tötung des Kindes gleich nach der Geburt. Sonst werde sein Halbbruder mitursächlich verantwortlich sein für die Zerstörung Trojas.

Hekuba übergab das Neugeborene "schweren Herzens", wie es im nicht-öffentlichen Teil der Akten des Stadtarchivs hieß, einem Sklaven ihres Vertrauens, der es im Wald entsorgen sollte. Denn an Nachwuchs herrschte kein Mangel - der noch namenlose Gefährder hatte oder würde noch haben um die fünfzig Geschwister und Halbgeschwister. Wahrscheinlich hatte die Wöchnerin sich nicht klar genug ausgedrückt, denn der Säugling landete nicht tot oder noch lebendig im Gebüsch, sondern in den Händen des Waidmanns Agelaos beziehungsweise an der Brust von dessen Gemahlin, einer Bärin von einer Frau. Sie war es auch, die Paris den Namen Paris gab.

Der Rest ist - nicht nur, aber auch – Ilias. Der Milch-Sohn der Bärin wuchs heran und fand nach einer ersten, nicht wirklich standesgemäßen Ehe mit der Nymphe Oinone und nach einem Um-einen-Stier-Kampf in den Schoß seiner ursprünglichen königlichen Herkunftsfamilie zurück; kürte Aphrodite zur schönsten Göttin des Olymp; begegnete der mit Menelaos verheirateten Helena, die mit ihm nach Troja durchbrannte; verteidigte die Stadt zehn Jahre lang recht und schlecht - einige sagten: ein wenig lustlos - gegen Helenas Verfolger und erklärte Rückeroberer; wurde von einem vergifteten Pfeil getroffen und starb wegen unterlassener Hilfeleistung durch seine erste Frau Oinone.

Odysseus: Teil eins

Wie schon gesagt: mater semper certa est, pater numquam. Bei Odysseus ist man sich ziemlich sicher, dass seine Mutter die Tochter des Meisterdiebs Autolykos war, der sein Handwerk von keinem Geringeren als seinem Vater Hermes gelernt oder geerbt oder beides hatte. Hermes zeigte seinem Sohn außerdem einen Trick, wie man das Diebesgut umstandslos in etwas anderes verwandeln kann, um so beim Klauen nicht erwischt oder doch wenigstens nicht des Diebstahls überführt zu werden. Das heißt, immer wenn Autolykos die von ihm geklauten Äpfel auf der Flucht vor dem Apfelbaum-Besitzer in Birnen verwandeln musste, konnte er von Glück sagen, wenn er eigentlich Birnen hatte klauen wollen und nur deshalb Äpfel geklaut hatte, weil er prima vista weder Äpfel von Birnen noch Apfelbäume von Birnbäumen unterscheiden konnte. Aber zurück zu Odysseus.

Autolykos' Tochter Antikleia war also mit an Sicherheit grenzender Wahrscheinlichkeit die Mutter von Odysseus, in welchen damit mütterlicherseits die Gerissenheits-Gene zweier Trickbetrüger eingeboren waren. Was er von väterlicher Seite mitbekommen hat, könnte man nur dann mit ähnlich hoher Wahrscheinlichkeit sagen, wenn man certa wüsste, wer sein Vater war.

Homer nennt als Odysseus' Vater Laertes, König von Ithaka, Sohn des Arkeisios und damit nach einer Sage Enkel von Zeus. Odysseus wäre dann einerseits durch seinen Vater Laertes ein Urenkel von Zeus, durch seine Mutter Antikleia aber ein Ururenkel desselben Zeus - falls Zeus jemals ein und derselbe gewesen ist. Vielleicht ist dies, nebenbei bemerkt, einer der fundamentalen Unterschiede zwischen Zeus und dem monolithischen Gott des Alten Testaments. Während Jahwe von sich sagen konnte und wollte: Ich bin, der ich bin, sagte Zeus ein ums andere Mal: Je suis un autre! - ich bin, der ich nicht bin. Und ward Schwan, Schlange, Stier, Adler und weiß Gott, was sonst noch alles.

Alternativ zu Laertes käme als Vater von Odysseus auch noch Sisyphos in Betracht. Es gab und gibt nämlich Gerüchte, dass Antikleias diebischer Vater Autolykos bei dem Versuch, Sisyphos' Vieh zu stehlen, kläglich gescheitert ist und sich in einem Anflug von Reue dazu hinreißen ließ, dem nur beinahe Bestohlenen zur moralischen Wiedergutmachung und getreu dem Motto, einmal sei keinmal, seine schon mit Laertes verlobte Tochter für eine Nacht zur freien Verfügung zu überlassen. Einmal wäre dann aber nicht keinmal, sondern einmal zu viel gewesen.

Nicht diese eine, ebenso ephemere wie folgenreiche Odysseus-Nacht mit Antikleia, falls es sie denn tatsächlich gegeben hat, ist nach Albert Camus der Grund, weshalb wir uns Sisyphos als einen glücklichen Menschen vorstellen müssen. Sondern die Sache mit dem bis in alle Ewigkeit den Berg hinauf zu rollenden Stein. Aber das ist nun wirklich eine ganz andere Geschichte.

Odysseus: Teil zwei

Von Odysseus weiß man nicht selten nicht viel mehr, als dass er zehn Jahre im Trojanischen Krieg war und dann noch einmal zehn Jahre gebraucht hat, um den Heimweg nach Ithaka zu finden und dort unter den Bewerbern um seine Nachfolge am Tisch und im Bett von Penelope ein Blutbad anzurichten.

Dass der Krieg zehn Jahre gedauert hat, daran sind die Troer schuld, die die schöne Helena nicht kampflos heraus- oder, wie Menelaos es sah, zurückgeben wollten. Für die schier endlos lange Heimreise macht man, selbst wenn man sie nicht namentlich kennt, automatisch die Kikonen, Lotophagen, Kyklopen, Laistrygonen, Sirenen und Phaiaken verantwortlich, mit denen es Odysseus und seine Gefährten auf die eine oder andere Weise zu tun bekamen. In Wahrheit, falls man das gewichtige Wort in diesem Zusammenhang verwenden darf, sind es aber erst Kirke und dann vor allem Kalypso gewesen, die dafür sorgten, dass aus einer ebenso abwechslungs- wie verlustreichen Tour de Méditerranée (theoretisch zu bewältigen in mehreren Etappen von jeweils zwei bis drei Monaten Dauer) jene Grand Tour wurde, die, von Homer erzählt, als "Odyssee" bis vor kurzem zum Kernbestand des abendländischen Kulturguts gehörte.

Bei der zauberhaften Kirke verbrachte Odysseus zwar nur, wie er später zu Penelope sagte, "ein paar Tage oder Wochen" (es waren genaugenommen zwölf Monate), doch blieb nach dieser ausgedehnten Rast auf der Klage-Insel Aiaia dort ein Sohn zurück, der den Namen Telegonos erhielt. Von dem namentlich "in der Ferne Geborenen" und in ihr Zurückgelassenen wurde Odysseus Jahre später auf schicksalhafte Weise eingeholt. Über die sieben mal zwölf Monate bei Kalypso, der "Verborgenen", dagegen schweigt des Sängers Höflichkeit. Homer lässt Odysseus nur wortkarg resümieren: "Sieben Jahre blieb ich bei ihr, und netzte mit Tränen / Stets die ambrosischen Kleider, die mir Kalypso geschenket." Dass der Ärmste der Armen die tränennassen ambrosischen, also eigentlich nur von Unsterblichen zu tragenden Kleider niemals ausgezogen hat, ist nicht anzunehmen. Denn auch aus dieser Begegnung gingen zwei bis sechs Kinder hervor, deren Namen nicht überliefert sind.

Man hat von alledem dieses und jenes irgendwann und -wo einmal gehört oder gelesen. Wer aber kennt schon den alt gewordenen Odysseus, wer weiß schon, wie Odysseus gestorben ist? Auch nach seiner für nicht wenige tödlichen Rückkehr zu Penelope und seinem Sohn Telemachos fand der Kriegsveteran keine Ruhe. Vom Seher Teiresias stammte der Rat, Odysseus solle mit einem Ruder unterm Arm oder über der Schulter so lange ins Landesinnere wandern, bis er in eine Gegend komme, wo man ihn stirnrunzelnd frage, was das denn für ein Brett sei, das er da mit sich herumschleppe. Dort solle er Halt machen, das Ruder in den Boden rammen und, von der pathologischen inneren Unruhe befreit, wieder nach Hause zurück gehen.

Der nicht der Ataraxie, also der epikureischen Seelenruhe fähige Wanderer tat, wie Teiresias ihm geraten hatte. Alles ging reibungslos vonstatten, bis Odysseus sich auf den Nachhauseweg machte. Im allgemeinen kommt einem der Hinweg länger vor als der Rückweg. Bei Odysseus verhielt es sich umgekehrt, ganz einfach deshalb, weil er auch für *diese* Rückreise wesentlich länger brauchte als für die Anreise. Dieses Mal war es eine schöne Witwe, bei und in der er hängenblieb. Erst Kirke, dann Kalypso, nun eine Königin namens Kallidike. Eine Dynastie wollte sie begründen - und en passant wurde Odysseus zu deren Stammvater.

Schließlich aber kam jener Tag, an dem der nach Ithaka Zurückgekehrte barfuß am Strand spazieren ging, dabei wiederholt aufs offene Meer hinaus sah und über die wirklich wichtigen Dinge nachdachte. Hat das Epos als literarische Form eine Zukunft? Ist die Lyra dazu in der Lage, den neuen musikalischen Herausforderungen gerecht zu werden? Wo er den Chef finde, hörte er plötzlich jemanden fragen. Wer das wissen wolle, fragte Odysseus zurück. Telegonos, antwortete Telegonos. Der Chef heißt bei uns nicht Chef, sondern König des Staatswesens, sagte Odysseus, und sowohl der König als auch l'état - c'est moi. Und ich bin die Lieblingstochter von Poseidon, höhnte der junge Angeber und stellte sich dem barfüßigen Ruheständler breitbeinig in den Weg.

Ja, er komme von der Insel Aiaia und er sei der Sohn der Kirke. Und mit der Speerspitze habe er den nunmehr Toten nur aus Versehen geritzt, sagte Telegonos später aus. Und dass das Gift des Stachelrochens, das sich daran befunden habe, schon in geringer Konzentration tödlich wirke, wundere ihn. Aber ihr Ehemann war ja nicht mehr der Jüngste, sagte er zu Penelope, und dass er mein Vater war, konnte ich nun wirklich nicht ahnen.

Als ihm einige Jahre zuvor von Teiresias der Rat mit dem Ruder gegeben worden war, hatte Odysseus, als er sich schon zum Gehen wandte, aus seherischem Munde ganz nebenbei noch erfahren, sein Tod werde sanft sein und er werde aus dem Meer kommen.

Odysseus: Teil drei (Nachspiel)

Telegonos, "der in der Ferne Gezeugte", hatte sich von Aiaia auf den Weg nach Ithaka gemacht, um seinen Vater zu finden und zur Rede zu stellen. Warum hatte er seine Mutter Kirke und damit auch ihn, den schon Gezeugten, aber noch nicht Geborenen, bereits nach einem Jahr wieder verlassen!? Nicht, um ihm sein Leid zu klagen, wie es der Insel-Tradition (nomen est omen) entsprochen hätte, sondern um ihn anzuklagen vor den Göttern und der ganzen alteuropäisch-kleinasiatischen Welt, wollte Telegonos Odysseus gegenübertreten.

In seiner schon auf Aiaia vorbereiteten und während der Reise mit asketischer Beharrlichkeit eingeübten Rede begannen die meisten Sätze mit "Warum hast du" oder "Warum hast du nicht" beziehungsweise mit "Wie konntest du nur" oder "Warum konntest du nicht". Dabei stellte er sich als Gegenüber einen noch immer gutaussehenden, sportlich durchtrainierten Endfünfziger mit ein paar männlich schmissigen Narben im Gesicht vor, der ihn erst geduldig anhören und dann mit einem verständnisvollen Lächeln tröstend in die Arme schließen würde. Komm mit mir ins Arbeitszimmer, mein

Sohn, hatte er ihn immer wieder sagen hören, ich glaube, wir haben einiges miteinander zu besprechen.

Als er dann aber am Strand von Ithaka jenen barfüßigen alten Mann mit dem schütteren grauen Haar und den dünnen Armen sagen hörte, er sei derjenige, welcher hier das Sagen habe, war Telegonos sofort klar, dass es sich bei alledem nur um einen großen Irrtum handeln konnte. Worin genau der Irrtum und Fehler bestand und wem er unterlaufen war, wusste er nicht und wollte er nicht wissen. Jedenfalls durfte das alles nicht wahr sein. Und Telegonos beschloss, fortan keinem kein einziges Wort nicht mehr zu glauben. Nicht seiner Mutter und auch nicht sich selbst. Und erst recht nicht dieser lächerlichen Figur von einem Möchtegern-König und Pseudo-Vater.

Also stellte Kirkes Sohn sich dem Alten in den Weg, zückte seinen Speer und fuhr dem Vater, der nie einer gewesen war und nie einer werden sollte, mit der Speerspitze einmal kreuz und quer durchs Gesicht, um ihm so wenigstens einen Ersatz für die Narben zu verpassen, die der peinliche Ex-Lover seiner Mutter sich im Trojanischen Krieg offensichtlich nicht zugezogen hatte. Die Folgen dieser Ritzungen sind bekannt. Odysseus starb vermutlich an einem allergischen Schock als Reaktion auf das für Menschen im allgemeinen und für Troja-Veteranen im besonderen relativ ungefährliche Stachelrochen-Gift, mit dem die Speerspitze präpariert worden war.

Jahre später, Telegonos war zusammen mit seinem Halbbruder Telemachos (nun der Ehemann seiner Mutter Kirke) und Penelope (die Witwe seines Vaters, die dann Telegonos' Frau geworden war) längst wieder nach Aiaia zurückgekehrt, dichtete der vor wie nach jener unglücklichen Episode auf Ithaka Vaterlose ein Poem, in dem er die Beziehung zu seinem Erzeuger aufzuarbeiten versuchte. Der Text wurde erst 1971 bei Ausgrabungen auf Aiaia gefunden. In der Übersetzung von Howard Carpendale und Thomas Horn lauten die Schlüssel-Zeilen des Werks mit dem Titel "Lulelalelula" folgendermaßen: "Deine Spuren im Sand, / Die ich gestern noch fand, / Hat die Flut mitgenommen. / Was gehört nur noch mir? / Lu le lu le lu lei, / Lu le lu le lu lei, / Hat die Flut mitgenommen, / Lu le lu le lu lei. / Deine Liebe, sie schwand / Wie die Spuren im Sand. / Was ist mir nur geblieben? / Nur die Sehnsucht nach Dir."

Vom Schnellfüßigen zum Freigekauften

Als Knabe hieß er "der Schnellfüßige", später dann "der Freigekaufte". Noch später hätte er eigentlich "der mit den aberwitzig vielen Kindern" heißen müssen. Priamos (von "priasthai" für "kaufen") war der jüngste Sohn von Laomedon, dem zweiten König von Troja. Laomedon hatte die potentiell selbstzerstörerische Angewohnheit, Dienstleistungen in Anspruch zu nehmen und die Dienstleister dann um das vorher vereinbarte Honorar zu prellen. So weigerte sich Laomedon unter anderem, Herakles die ihm versprochenen Pferde zu überlassen. Die standen dem zufällig Vorbeigekommenen zu, weil er ein Seeungeheuer getötet hatte, dem Laomedons Tochter Hesione geopfert werden sollte. Das Seeungeheuer war von Poseidon geschickt worden, aber nur, weil Laomedon ihn für den Bau einer kompletten Stadtmauer partout nicht hatte bezahlen wollte.

Priamos hieß damals noch Podarkes, also "der Schnellfüßige". Zur Umbenennung kam es erst einige Zeit später, als Herakles nach Erledigung seines Pflichtprogramms zurückkam, um sich in Troja um die Begleichung der noch offenen Rechnung zu kümmern. Statt mit Podarkes' Vater Laomedon zu verhandeln, schuf Herakles gleich vollendete Tatsachen und tötete nicht nur den König, sondern auch des Königs Kinder, ausgenommen Hesione, die er nach dem erzwungenen Verzicht auf die Pferde zu seiner Geliebten gemacht hatte. Auch Hesiones Brüder Tithonos und Podarkes kamen mit dem Schrecken davon. Dass Herakles Tithonos verschonte, war ein mythologisch notwendiger Akt der nicht ganz reinen Willkür: Tithonos wurde nämlich noch als Liebhaber von Eos, der Göttin der Morgenröte benötigt. Podarkes dagegen kam nur deswegen mit dem Schrecken und dem Leben davon, weil Hesione ihn gewissermaßen loskaufte. "Auf einen mehr oder weniger kommt es mir nun wirklich nicht an", sagte Herakles lachend, als Hesione ihren Gürtel löste und ihn Herakles als Lösegeld für den Lieblingsbruder anbot.

Dass Podarkes oder, wie er von nun an hieß, Priamos von Herakles nicht getötet worden war, blieb für die demographische Entwicklung von Troja nicht ohne Folgen. Von seiner Gattin Hekabe und anderen Frauen hatte Priamos fünfzig Söhne und zwölf Töchter, darunter Paris, der durch die Entführung der schönen Helena Troja den Untergang brachte und Hektor, der diesen Untergang heldenhaft, aber letztlich ohne Erfolg, zu verhindern suchte. Die meisten der zweiundsechzig Kinder des Priamos kamen bei der Eroberung der Stadt durch die Griechen ums Leben. Wie gewonnen, so zerronnen, wie geboren, so verloren.

Theseus: Chlamys und Hut standen ihm gut

Odysseus bevorzugte den kuppelförmigen Pilos, ebenso Hephaistos und Charon. Hermes dagegen trug einen sportiver wirkenden, breitkrempig flachen Petasos, in seinem Fall eine exklusive Sonderanfertigung mit seitlichem Geflügel. Exklusiv hieß im wörtlichen Sinn: Wenn einer mit so einem, genauer gesagt mit *diesem* Hut gesichtet wurde, konnte man ausschließen, dass es sich bei ihm nicht um Hermes handelte. Auch Paris soll bei seiner fatalen Entscheidung für Aphrodite als Schönste der Schönen einen in den Nacken geschobenen Petasos als kleidsames Accessoire mit sich geführt haben. Während Götter und Heroen nicht selten Hüte trugen, scheint selbiges bei Heroinen und Göttinnen nicht üblich gewesen zu sein.

Wilde Männer mit schwarz-dichtem Haupt- und Barthaar samt hervortretender Nase trugen in der Regel weder einen Hut (nicht Pilos noch Petasos) noch eine Chlamys oder sonst einen Umhang. So ein wilder Mann (übrigens ein Sohn von Poseidon) war beispielsweise Sinis - einer der fünf Wegelagerer, die vom jugendlichen Theseus auf seinem Weg in die Hauptstadt von Attika aus Gründen der Imagepflege und der Mythenbildung unter dem Applaus der Umstehenden in den Hades geschickt wurden.

Theseus seinerseits trug beides: einen Petasos und eine Chlamys - einen ärmellosen kurzen Mantel, der über die linke Schulter geworfen und über der rechten mit einer Spange zusammengehalten wurde. Da er als Enkel des reichen Weinbauern Pittheus aufgewachsen war, wird seine Chlamys nicht aus naturfarbener Schafwolle, sondern aus einem feinen Tuch in Schwarz oder Purpur gewesen sein. Und als Sohn aus gutem Hause verstand Theseus es gewiss, den Umhang so über die Schulter zu werfen, dass dieser dabei nicht mit dem Boden oder sonst etwas Unstandesgemäßem in Berührung kam.

An den Füßen aber trug Theseus jene Sandalen, die sein Erzeuger Aigeus nach der Liebesnacht mit Aithra für den Fall der Fälle zusammen mit seinem Schwert unter einem Felsen deponiert hatte. Schwert und Sandalen sollten dem etwa gezeugten Nachkommen zu gegebener Zeit als Vater- beziehungsweise Sohnschaftsnachweis dienen. An seiner Waffe und an seinem Schuhwerk meinte der angehende König von Athen den rechtmäßigen Thronfolger dereinst zweifelsfrei erkennen zu können. Dass Aigeus nicht auch noch seinen Pilos oder Petasos als dritten Beleg mit unter den Felsen geschoben hatte, ist nachvollziehbar. Wenn so ein Filz- oder Strohhut eine ganze Kindheit und Pubertät lang plattgedrückt unter einem Felsen gelegen hatte, würde er, das war Aigeus klar, einen so jämmerlichen Anblick bieten, dass dieser weder dem Sohn noch dem Vater zugemutet werden konnte.

Um nun aber auf den erwähnten Sinis zurückzukommen: der wilde Mann ohne Hut und Mantel machte sich ein makaberes Vergnügen daraus, harmlose Wanderer oder andere Reisende erst dazu zu bewegen, die Wipfel von Nadelbäumen (Fichten, Pinien oder Kiefern) zu Boden zu biegen und sich dann von diesen in die Luft und in den Tod schleudern zu lassen. Wie ihm dieser Trick gelang, weiß man nicht so genau, aber er scheint regelmäßig funktioniert zu haben. Nur bei Theseus muss dann etwas schiefgegangen sein. Denn plötzlich war Sinis selbst derjenige, der mit dem zurückschnellenden Wipfel in die Höhe katapultiert wurde. What goes up must come down: Dem Lehrsatz von Isaac Newton folgend, kam auch Sinis wieder herunter. Und da der Baum ein kräftiger und hoher gewesen war, war Sinis' Fall ein tiefer und der Bodenkontakt ein tödlicher.

In der letzten Einstellung sehen wir, wie Theseus sich einmal mehr geschickt die Chlamys über die Schulter wirft, mit dem Petasos ins Publikum winkt und seinen Siegeszug nach Athen fortsetzt. Und falls die Sandalen, die Aigeus für seinen Sprössling in spe unter dem Felsen hinterlegt hatte, Schuhe der Marke Salamander waren, dann muss der Schlusssatz an dieser Stelle lauten: "Lange tönt's im Walde noch - Salamander lebe hoch!"

Penelopes Brief an Odysseus

"Penelope coniunx semper Ulixis ero": "Als Penelope werde ich immer die Gattin des Odysseus sein", schrieb der Frauen-Versteher Ovid noch zu Lebzeiten von Jesus Christus in der literarischen Maske des mythischen Vor- und Urbilds der beharrlich Ausharrenden, um nicht zu sagen: der eisern-geduldig Wartenden. "Liebe ist eine Angelegenheit der Sorge und der Angst", lässt er Penelope an den von ihr wiederholt saumselig Genannten schreiben. Und lässt für seine realen Leser im fingierten Brief der mythologisch verbürgten Verfasserin den Kampf um Troja, im Brief auch Ilion genannt, in prominenten Szenen Revue passieren.

Denn obschon sie von ihrem Mann selbst seit dessen Abreise aus Ithaka keine Nachricht mehr erhalten hatte, war die Witwe, die keine war, durch die Berichte anderer, also aus zweiter Hand und drittem Mund, auf dem Laufenden gehalten worden: "Aber was nützt es mir, dass Ilion durch euch zerstört wurde, und dass seine Mauern nun dem Erdboden gleichgemacht sind, wenn ich immer noch warte, wie ich schon wartete, als Troja noch standhielt, und mein Mann in der Ferne bleibt, so dass ich ihn nachhaltig entbehren muss"?

Da wäre es doch beinahe besser, schreibt Penelope, wenn der Krieg noch andauern würde: "Dann wüsste ich, wo du dich mit wem schlägst und fürchtete nur den Ausgang der Kämpfe." Also lieber um sein Leben bangen, als nicht wissen, wo er sich herumtreibt. Testosteron gesteuert, wie die Männer sind, werde er womöglich von einer Affäre in der Fremde an irgendeine Fremde, also Andere gefesselt sein, mutmaßt Penelope vor allem deshalb, weil Ovid wusste, dass sie damit vollkommen richtig lag. Hinter Ovid dem Frauen-Versteher wird Ovid der Männer-Experte erkennbar, der noch dazu mythologisch informiert gewesen ist.

Die Helden-Macher: Herakles' Lehrer

Vor die Wanderjahre haben die Götter und die Handwerkskammern bekanntlich die Lehrjahre gesetzt. Das galt nicht nur für diverse Hand- und Kunsthandwerker sowie für Goethes Wilhelm Meister, sondern auch für Herakles, dem mit mehrtägiger Verspätung von Alkmene geborenen Sohn des Zeus, Stiefsohn des Amphitryon, des "doppelt Geplagten". Doppelt geplagt als Vater und Vater wider Willen, weil Alkmene zugleich mit Herakles dessen Pseudo-Zwillingsbruder Iphikles, den genetischen Sohn des Amphitryon, geboren hatte? Oder weil Alkmene in Zeus nicht nur Ampitryon erkannt zu haben wähnte, sondern sich quasi im Gegenzug, und wenigstens ohne mit der Wimper zu zucken, von diesem "erkennen" ließ?

Wie dem auch sei, auch ein Herakles hat einmal klein und untrainiert angefangen. Zwar konnte er praktisch von Geburt an Schlangen erwürgen, woran man ihn unschwer als den von Zeus Gezeugten identifizierte, aber darüber hinaus fehlte es dem kraftstrotzenden Natur-Athleten an so gut wie allen damals für wichtig erachteten heroischen Kenntnissen und Fertigkeiten. So wurde er denn von seinem Ziehvater Amphitryon im Wagenlenken unterrichtet, vom Verwandlungskünstler Autolykos im Ringen und von Kastor in der Kunst, in schwerer Rüstung einigermaßen comme il faut zu fechten. Das Bogenschießen brachte ihm Eurytos bei, den Herakles dann Jahre später erschlug, weil er ihm den Hauptpreis in einem von seinem ehemaligen Schüler gewonnen Bogenschieß-Wettbewerb nicht überreichen wollte. Bei der verweigerten Trophäe handelte es sich um Eurytos' Tochter. Woraus jedoch nicht geschlossen werden darf, dass Doktorvater und Schwiegervater diesseits des Hades einander ausschließende Rollen sind.

Aber schon vor Eurytos hatte Herakles einem anderen seiner Lehrer den Garaus gemacht. Linos, ein Bruder von Orpheus, hatte den verhängnisvollen Auftrag erhalten, dem pubertierenden Erz-Heroen das Spielen der Kithara und das Singen zu selbiger beizubringen. "Herakles schlug ihn mit der Kithara tot", heißt es in der Bibliotheke des Apollodor kurz und bündig. "Jener erzürnte ihn nämlich durch heftiges Schulmeistern und führte so seinen", also seinen eigenen "Tod herbei", erläutert Apollodor weiter. Selber schuld, liest man unmissverständlich zwischen den Zeilen und so dachte auch der Untersuchungsrichter, der das Verfahren gegen den Beschuldigten gleich wieder einstellte, als "einige dem Herakles wegen des Mords einen Prozeß an den Hals hängen wollten". Es greife hier, so die juristische Analyse, das Gesetz des Rhadamanthys - einst König von Kreta, nun neben Minos und Aiakos Richter im Hades - , welches besage, dass derjenige, der sich an einem räche, der die Veranlassung zu Händeln gegeben habe, nicht zu bestrafen sei.

Nach seinem mythischen Tod wurde Linos anscheinend in Theben historisch beigesetzt. Denn im Anschluss an die Schlacht von Chaironeia (338 vor Christus) soll Philipp II. die Gebeine des Linos aufgrund eines Traums nach Makedonien überführt haben. Eine weitere, gewissermaßen revisionistische Vision veranlasste ihn jedoch dazu, die Knochen des Linos wieder nach Theben zurückbringen zu lassen. Im Musen-Heiligtum am Helikon wurden dem geradezu (selbst)mörderisch strengen Kithara-Lehrer des Herakles musische Opfer dargebracht. Hier gab es auch ein in den Fels gehauenes Porträt von ihm, das leider nicht erhalten geblieben ist.

VON GRÔZER AREBEIT

Herakles' Zeugung und Geburt

Sowohl die Zeugung als auch die Geburt des Herakles dauerten länger als selbst in mythischen Zeiten üblich. Zur Begattung der Alkmene nahm sich Zeus, der bei dieser Verrichtung Alkmenens rechtmäßigem Gatten zum Verwechseln ähnlich sah, drei pausenlos aufeinander folgende Nächte, also etwa vierundzwanzig Stunden, Zeit. Dass der olympische Liebhaber während der triadischen Nacht wie Amphitryons Zwilling aussah, diente weniger der Täuschung der Empfängerin des göttlichen Samens, als vielmehr ihrer moralischen Entlastung. Ohne die Unwahrheit sagen zu müssen, konnte Alkmene später zu Protokoll geben, der Mann in ihrem Bett habe genau wie ihr Mann ausgesehen. Die auratische Differenz, die von ihr sofort bemerkt worden war, ließ sie dabei konsequent außer Acht und unerwähnt und tat stattdessen so, als wären es nur die Form der Nase, die Farbe der Augen und die Länge des Bartes, die einen Mann vom anderen unterscheidbar machen.

Der von einem kurzen Auslandsaufenthalt zurückgekehrte Amphitryon tat anderntags seinerseits so, als würde ihn Alkmenes Erklärung überzeugen und zeugte in der darauffolgenden Nacht zur symbolischen Wiederherstellung seines Begattungsmonopols und als reales Gegengewicht zu Herakles dessen Bruder Iphikles. Dass sich die Knaben, obwohl sie ja keine echten Zwillinge waren, nach der Geburt zum Verwechseln ähnlich sahen, wunderte weder ihre Mutter Alkmene noch Amphitryon, den Vater und Stiefvater der beiden.

Bevor es aber zur doppelten Niederkunft kam, musste Alkmene, so wollten es die mit anwesenden schicksalsmächtigen Moiren, neun

Tage und Nächte lang in den Wehen liegen. Wer darin eine kollektiv verhängte Strafe der Götter für Alkmenens verdeckten Ehebruch mit Zeus sehen will, neigt wohl auch sonst zu Verschwörungstheorien. Nein, es war Heras Schuld und die ihrer Helferin und deren Helfershelferinnen, dass die Mutter des Helden der Helden und seines relativ unbedeutenden und später im Kampf eher glücklosen Halb-Zwillingsbruders fast eineinhalb Wochen lang kreißen musste.

Hera war natürlich nicht entgangen, mit welcher Endlos-Serie von Geschlechtsakten ihr Götter-Gatte während dieser auffallend langen Nacht zeugend tätig gewesen war. Zumal er anschließend damit geprahlt hatte, nun werde einer zur Welt kommen, der als sein Stellvertreter unter den Erdlingen diesen mehr als nur ein Mal zeigen werde, wo der Hammer hängt. Um der Gespielin ihres Mannes nun doch noch übel mitzuspielen und dem Zeugling von Anfang an zu demonstrieren, dass er unerwünscht war und es immer sein würde, beauftragte Hera ihre Tochter Eileithyia, die Geburt der beiden Uterus-Genossen so lange wie möglich hinauszuzögern. Dazu setzte sich Eileithyia, die für das Ge- oder Misslingen von Geburten zuständige Gottheit, mit ihren Freundinnen, den Morien, und mit gekreuzten Armen und Beinen vor die Tür der Wöchnerin, was dann auch die von Hera gewünschte kontra-natale Wirkung hatte.

Als nach neun Tagen und Nächten die Lage unerträglich geworden war und vollends zu eskalieren drohte, kam endlich Galinthias, eine Hausangestellte Alkmenes, auf die Idee, dass mit den seltsamen Frauen, die in merkwürdig in sich gekrümmter Haltung schon Gott weiß wie lange vor dem Kreißsaal saßen, etwas nicht stimmen könnte. Um die verdächtigen Gestalten aufzuscheuchen, rief sie laut, ihre Brotgeberin habe nun endlich, endlich einem Sohn das Leben geschenkt, was, kurz nachdem sich Eileithyia erstaunt und ungläubig erhoben hatte, auch den Tatsachen entsprach.

Dass die Erlöserin Galinthias, von Ovid Galanthis genannt, schon eine Schrecksekunde später von der rachsüchtigen Hera in ein Wiesel verwandelt worden sei, ist wohl ein Ammen- oder Hebammen-Märchen, das auf dem volkszoologischen Irrtum basiert, Wiesel würden ihren Nachwuchs durch das Maul gebären. Und dennoch wird man mit einigem Recht sagen können, dass Herakles nicht nur aus dem Schoß der Alkmene, sondern auch aus dem Mund der Galinthias hervorgegangen ist.

Als Herakles noch Alkeides hieß

Alkeides, hol jetzt bitte die Kuh vom Dach und danach pflanzt du die Olivenbäume wieder ein, die du beim Nachbarn ausgerissen hast. Und du weißt selbst, wie lächerlich es ist zu behaupten, das seist nicht du, sondern dein Bruder Iphikles gewesen. Die so zu ihrem achtjährigen Sohn sprach, war Alkmene, deren Name soviel wie "die Starke" bedeutete. Womit nach Lage der Dinge nur ihre stoische Ruhe, in der ja bekanntlich jede Menge Kraft liegt, gemeint sein konnte, mit welcher sie die angeborene physische Anomalie ihres Sohnes Alkeides seit seiner Geburt hinnahm, da an dieser nun einmal nichts zu ändern war.

Wenn sich der kindliche Kraftprotz bei Alkmene zuhause aufhielt, was allerdings nur selten vorkam, machte sie sich seine Sonderbegabung zunutze, indem sie ihn zum Beispiel bat, die schweren, aus böotischer Eiche gefertigten Wäsche- und Waffenschränke anzuheben, damit sie darunter saubermachen konnte. Oder Alkeides half seiner Mutter beim Ausmisten der Ställe, ohne zu ahnen, dass er bei dieser agrikulturellen Übung etwas für sein späteres Leben lernte.

Dass Alkeides ein Sohn des Zeus war, wussten außer Zeus und der einerseits chronisch, andererseits niemals grundlos eifersüchtigen Hera nur seine Mutter Alkmene und ihr Ehemann Amphitryon, als dessen Sohn Alkeides offiziell galt. Der genealogischen Camouflage diente es auch, dass man den neugeborenen Halbgott nach Amphitryons Vater Alkaios Alkeides oder Alcides und nicht, nach Zeus' Vater Kronos, Krontiados oder Kronides nannte. Erst Jahre später, als sich längst herumgesprochen hatte, wer Alkeides in Wahrheit war, taufte ihn Pythia, die Priesterin des delphischen Orakels, auf seinen eigentlichen, mythologisch korrekten Namen, dessen Sinn umschrieben werden kann mit "der durch seine

Verfolgung durch Hera Ruhm erlangt", also auf den Namen Herakles. Der Umbenennung waren dramatische und folgenreiche Ereignisse vorausgegangen, die eine nominelle Aufrechterhaltung des Scheins bürgerlicher Normalität und Harmlosigkeit nach Pythias Dafürhalten nicht mehr zuließen. Wo ein berechtigtes Interesse am Schutz persönlicher Daten in offene Heuchelei umschlägt, wird es Zeit, dass man die Dinge, also den Heroen, beim Namen nennt, soll sie gegenüber Apollon geäußert haben. Was war geschehen?

Nachdem Herakles alias Alkeides im Zuge seiner Virilisierung in fünfzig aufeinanderfolgenden Nächten fünfzig Jungfrauen, allesamt Töchter von Thespios und Megamede, nicht nur defloriert, sondern bei dieser Gelegenheit auch noch geschwängert hatte, glaubte er, sich das Horn soweit abgestoßen zu haben, dass er desillusioniert genug sein würde, um eine halbwegs normale Ehe führen zu können. Da kam es ihm gerade recht, dass Kreon, König von Theben, ihn aus Dankbarkeit für die rabiate Schlichtung eines alten Streits - eine Schlächterei, die Kreon unterm Strich um ein paar Tausend Rinder reicher machte - seine Tochter Megara zur Gattin gab. Und weil doppelt genäht und geehelicht besser halten soll, heiratete Iphikles, Herakles' oben bereits erwähnter Halb-Zwillingsbruder, im festlichen Rahmen einer Doppelhochzeit Kreons jüngste Tochter, deren mythologische Akte wohl verloren gegangen ist, da ihr Name nirgends Erwähnung findet.

Alkeides alias Herakles zeugte mit Megara fürs erste die drei Söhne Therimachos, Kreontiades und Deikoon. Dann aber begab es sich, dass die nach wie vor grollend eifersüchtige Hera das Familienglück, das mit dem Seitensprung ihres Gatten Zeus seinen Ur-Anfang genommen hatte, nicht länger ertragen zu können glaubte. Bevor ich wahnsinnig werde, soll lieber dein Bastard es werden, sagte sie zu Zeus, woraufhin besagter Bastard im Wahn der Hera seine eigenen Kinder und die des Iphikles ins ewig lodernde Feuer der halb-olympischen Kochstelle warf.

Als sich der paranoide Kindsmörder wenig später an das delphische Orakel wandte, um zu erfahren, wie er den Schaden wiedergutmachen könne, bekam er von der Apollon-Priesterin Pythia die erstaunlich unmissverständliche Auskunft, Absolution könne ihm erst erteilt werden, wenn er fortan auf den Namen Herakles höre, und wenn er außerdem und vor allem nach Tiryns in der Nähe von Mykene gehe, um dort im Dienst des Eurystheus zwölf Jahre lang alles zu erledigen, was dieser von ihm verlange, und zwar unverzüglich und ohne Widerrede, selbst wenn er die Aufträge im ersten Moment für unausführbar halte. Für einen Sohn des Zeus sei nichts unmöglich, sagte Pythia, indem sie Herakles zum Abschied auf die starke Schulter klopfte und ihm mit einem *Never Say Never Again!* den Weg nach Tiryns wies.

Mit Daidalos ins mythologische Labyrinth

Um an das Sperma eines Zuchtbullen heranzukommen, verkuppelt man ihn in einer sogenannten Sprunghalle mit einer künstlichen Kuh und füllt den Stoff, aus dem die Nachwuchsträume der Züchter sind, in Plastikröhrchen ab. Denn immer nur ein Sprung pro Kuh wäre die reine Verschwendung, vom Aufwand, den man treiben müsste, um für jede Besamung ein natürliches Rendezvous von Spender und kuhwarmer Empfängerin zu arrangieren, einmal ganz abgesehen.

Wo die Besamung Pasiphaës stattgefunden hat, wissen wir nicht. Auf einer Majolika-Schale von 1533 ist zu sehen, wie Daidalos im Freien vor irgendwelchen Gebäuden an jener Kuh-Attrappe aus Holz schnitzt, die zur Herstellung physiologischer Kompatibilität angefertigt werden musste. Er gibt sich dabei offensichtlich mehr Mühe als gemäß heutiger Erfahrung nötig gewesen wäre, um den schönen weißen Stier, nach dem es die Gemahlin von König Minos verlangte, zum Besteigen und Begatten der leblosen Kuh samt der in ihr enthaltenen leibhaftigen Königin zu animieren. Sein alter Naturalisten-Ehrgeiz scheint von Daidalos beim Schnitzen an der Kuh-Kopie erneut Besitz ergriffen zu haben.

Denn über die für diese Arbeit erforderlichen holzbildhauerischen Kenntnisse und Fertigkeiten verfügte Daidalos schon während seiner Zeit in Athen. Er war damals ein berühmter Bildhauer gewesen, der das Publikum durch seine hypernaturalistischen Darstellungen in

Staunen versetzt hatte. An die Grenzen seiner mimetischen Kunst war Daidalos paradoxerweise gestoßen, als seine Werke so perfekt geworden waren, dass die Betrachter aufhörten, Betrachter zu sein, weil sie Daidalos' Kreationen nicht mehr als solche wahrnahmen und seinen Realismus für die Realität hielten.

Anstatt den Weg vom Hypernaturalismus zurück in die Abstraktion zu suchen, fand der frustrierte Nachahmer sein Heil in der Herstellung von Machwerken der technisch-wissenschaftlichen Art. Sein Ziel sei es von jeher gewesen, etwas aus etwas zu machen, gab er in einem Interview einmal an. So wurde Daidalos zum Erfinder und Konstrukteur. Als er aber seinen Neffen und Schüler Perdix in einem Anfall von Eifersucht auf dessen kreative Begabung von der Akropolis stieß, war auch seine zweite Karriere an ein jähes Ende gelangt. Daidalos musste Athen verlassen.

Im Minoischen Exil auf Kreta gelang ihm der berufliche Wiedereinstieg als Chefkonstrukteur und universeller Problemlöser bei Hofe. Und als Pasiphaë ihn um Beihilfe zum Ehebruch bat, kehrte Daidalos sogar zur Bildhauerei zurück. Anders als zuvor in Athen war nun die Verwechslung von Kunst und Wirklichkeit durchaus erwünscht und oberstes Ziel der bildhauerischen Aktivität.

Was dabei Monate später herauskam, war so eigenartig wie der ganze Vorgang: ein Wesen mit dem Leib eines Menschen und dem Kopf eines Stiers. Dass das Monstrum früher oder später getötet werden würde, war von Anfang an klar, aber "Mythos" ist unter anderem ein Synonym für "unterhaltsamer erzählerischer Umweg". Bevor dem bastardischen Wesen durch Theseus der Garaus gemacht wurde, musste es noch als sogenannter Minotauros in eine gleichfalls von Daidalos kreierte labyrinthische Installation gesperrt und mit jugendlich frischen Athenerinnen und Athenern gefüttert werden.

Ironischerweise war der im Grunde bedauernswerte Minotauros so etwas wie ein Zerrbild des Minos, seines Stiefvaters wider Willen, welcher selbst in gewisser Weise aus der Vermählung eines Stiers mit einer Phönizierin hervorgegangen war: Zeus hatte sich, um an Europa heranzukommen, in einen Stier verwandelt und die von ihm Faszinierte zur Deckung nach Kreta entführt.

Wie man weiß, ist das nicht das Ende der Geschichten um Daidalos, aber wir blenden uns an dieser Stelle aus, um den Ariadne-Faden bei nächster Gelegenheit erneut aufzunehmen, wobei wir nicht hoffen dürfen, das mythologische Labyrinth jemals wieder verlassen zu können. Es gibt nämlich für den, der einmal hineingeraten ist, kaum eine Aussicht auf Entrinnen.

Nichts Neues von Alpha Kentauros?

Im Märchen heißt es am Ende: Und wenn sie nicht gestorben sind, dann leben sie noch heute. Im Mythos leben die Götter fort, solange sich Menschen für die alten Geschichten interessieren, was spätestens seit der Renaissance wieder der Fall ist. Aber was ist mit ihrem Fortleben außerhalb der Mythen und Hörbücher? Betrügt Zeus Hera noch immer und, wenn ja, warum erfahren wir trotz Twitter, Facebook und YouTube nichts davon?

Oder nehmen wir Hephaistos, den Hera mit oder ohne Zeus' Zutun zur Welt brachte. Da sie ihn für eine Missgeburt hielt, warf ihn seine Mutter kurzerhand aus dem Olymp, also quasi auf den Müll. Ob er schon vorher oder erst danach eine Gehbehinderung hatte, ist umstritten. Anstatt sein Schicksal klaglos hinzunehmen, sorgte Hephaistos dafür, dass seiner olympischen Sippschaft nichts anderes übrig blieb, als ihn wieder aufzunehmen; ein goldener Thron, den er Hera zum Geschenk machte, spielte bei diesem Erpressungsmanöver eine Schlüssel- oder Verschlussrolle.

Auch mit seinen beiden Götter- beziehungsweise Göttinnengattinnen hatte der hinkende Hephaistos kein Glück. Die schöne Aphrodite betrog ihn bei jeder Gelegenheit, zuletzt mit dem unsympathischen Kriegsgott Ares. Als Zeus Hephaistos daraufhin mit Pallas Athene verheiraten wollte, entzog diese sich dem Vollzug der Ehe zunächst durch Flucht und dann durch Verweigerung. Da Hephaistos sich im Gegenzug an diversen Nymphen und illegitimen Zeus-Töchtern schadlos hielt, dürfte die Zahl seiner erotischen Begegnungen dennoch oder gerade deshalb Legion und legendär gewesen sein.

Eine andere längere Liste ergibt die Aufzählung der von Hephaistos erfundenen und hergestellten Artefakte: Zwei Roboter (mechanische Dienerinnen) aus Gold, das Tor des Palastes und diverse Hallen auf dem Olymp, ein Thron für Hera mit unsichtbarer Fessel, ein Zepter und ein Donnerkeil für Zeus, der Wagen des Helios, der Halsschmuck der Harmonia, ein goldenes Fell zur Erzeugung von Gewittern für Pallas Athene, die feuerspeienden Stiere des Aietes, Pandora als Gattin für Epimetheus, der Bogen der Artemis, Pfeile für Apollon und Artemis, das Fangnetz für Ares und Aphrodite, die Kette, mit der Prometheus an den Kaukasus gefesselt wurde, die Rüstung des Ares, Waffen und Schild des Achilles, Schild des Aeneas, ein Bronzeriese (Talos), der Kreta bewachte, der Zweizack des Hades, der Dreizack des Poseidon.

Das ist nicht eben wenig, aber war das schon alles? Müsste eine Biographie (falls davon bei Göttern die Rede sein kann) beispielsweise des Hephaistos nicht ad infinitum fortgeschrieben werden und hätten wir heute mit dem Internet-Blog nicht das adäquate Medium dafür? Wir richten die Antennen gen Alpha Centauri, um uns etwaige Signale von intelligenten Wesen aus den Tiefen des Alls nicht entgehen zu lassen. Sucht auch jemand im Web-Space nach Überlebenszeichen des Kentauros, den der getäuschte Ixion mit der Wolke Nephele zeugte? Wenn die Götter sich zurückmelden, werden sie sich der Smartphones, iPads, Laptops und Notebooks bedienen, um mittels dieser Medien dem Menschen zu verkünden: *Fürchte dich, Wicht, denn wir waren niemals tot und jetzt sind wir wieder da!*

Atreus und Thyestes: Schwerarbeiter des Hassens

Es waren zwei Königskinder, Atreus und Thyestes, die hatten einander überhaupt nicht lieb. Und hätten sie nicht doch immer wieder beisammen kommen können, wie es in der bekannten Ballade heißt, wären ihrer familiären Umgebung etliche Un- und Gräueltaten erspart geblieben. Denn von Anfang an waren A&T unsterblich ineinander verhasst.

Ihr Aufeinander-fixiert-Sein ergab sich zunächst aus der simplen Tatsache, dass sie Zwillinge waren. Wer weiß, was in der Psyche eines Embryos vor sich geht. Im Fall von Atreus und Thyestes kann es nichts Gutes gewesen sein, denn bei ihrer Geburt sollen sie wie zwei Ringer ineinander verkrallt gewesen sein, so dass man Mühe hatte, sie zu trennen.

Wie es danach mit den pervers altruistisch Begabten weiterging, ist im Detail nicht zweifelsfrei rekonstruierbar. Dass man sie räumlich voneinander getrennt aufgezogen hat, scheint nichts genützt zu haben. Postnatal gingen sie sich zwar nie wieder unmittelbar an die Gurgel, mittelbar ließen sie aber keine Gelegenheit aus, um einander Ungutes zu tun. Thyestes betrog, wenn man so will, Atreus mit dessen Frau Aërope und stahl ihm darüber hinaus ein goldenes Lammfell, das er dann für einen weiteren Verrat an seinem Zwillingsbruder einsetzte - mit dem Resultat, dass zunächst er, Thyestes, und nicht Atreus König von Mykene wurde. Nachdem Atreus mit Hilfe von Zeus irgendwann seinerseits die Herrschaft ertrickst und Thyestes das Land verlassen hatte, kehrte für kurze Zeit eine trügerische Ruhe ein.

Als Atreus edlich, spät genug, dahinterkam, dass seine Frau Aërope ein Verhältnis mit seinem Zwillingsbruder gehabt hatte, war ihm das der willkommene Anlass, um die geliebte Feindschaft wieder aufleben zu lassen. Angeblich um sich mit ihm zu versöhnen, lud Atreus Thyestes zu einem intimen Verbrüderungs-Mahl ein. Aufgetragen und von Thyestes unwissentlich verspeist wurden Thyestes' Söhne, die den Vater nach Mykene begleitet hatten. Das Vorsetzen von Jünglings-Fleisch hatte in der Familie Tradition. Schon Pelops, der Vater von Atreus und Thyestes, Großvater der Aufgetischten, war von seinem Vater Tantalos den Göttern serviert, aber von diesen nicht verzehrt, sondern rekonstruiert worden. Im Falle von Thyestes' Söhnen war der Schaden jedoch irreparabel.

Statt seinem Bruder an die Kehle, ging Thyestes nach Delphi, um sich dort von Pythia beraten zu lassen. Und statt zu orakeln, sagte die leitende Priesterin klipp und klar, es wäre wohl das beste, wenn Thyestes mit seiner Tochter Pelopeia einen Sohn zeugte, der werde dann mit Atreus abrechnen, was Aigisthos, wie der geborene Rächer hieß, zu guter oder schlechter Letzt auch tat.

Es war der römische Philosoph, Schriftsteller und Nero-Berater Seneca, der angesichts der von Atreus und Thyestes zu verantwortenden Gräueltaten in seinem Drama "Thyestes" einen Rückfall in den Zustand der Natur vor der Natur, ins noch vorbarbarische Chaos kommen sah: "Es zittern, zittern die Herzen, von großer Furcht durchbebt: daß in schicksalhaftem Einsturz das All erschüttert wanke und abermals über Götter und Menschen komme das gestaltlose Chaos, daß abermals Erde, Meer und Feuer und die kreisenden Gestirne des sternenbestickten Firmamentes die Natur überflute."

Die Erfindung des Rollstuhls durch Erichthoneos

"Mater semper certa est, pater numquam." Das heißt, es steht zweifelsfrei fest, wer deine Mutter ist, aber im Hinblick auf die Vaterschaft deines Vaters kannst du dir nie ganz sicher sein. Wer in der Schule Lateinunterricht hatte, wird sich an diese genealogische Regel Nummer eins wahrscheinlich erinnern. Für Erichthonios gilt, dass die Überlieferer (Hesiod, Homer, Herodot, Pausanias, Köhlmeier) sich weitgehend einig sind, dass Hephaistos sein Vater war. Wer aber war klein Erichs Mutter? Entweder war es eine Königstochter namens Atthis oder Gaia, die Mutter aller Mütter, selbst. Ovid nennt ihn "prolem sine mater creatam", einen Nachkommen ohne Mutter, also eine Art Gegenstück zu Jesus, dem Gesalbten.

Wäre Erichthonios, ohne dass man seinen Namen tatsächlich so übersetzen könnte, "der von Gaia Geborene", dann erwiese sich sein Namenszusatz als kompatibel mit einer halb delikaten, halb unappetitlichen Geschichte, wonach Hephaistos bei Gelegenheit einer Waffenbestellung der Pallas Athene bei ihm ein "wollüstiges Verlangen nach Athena" (so Apollodor in seiner Mythologischen Bibliothek) ergriffen habe. Die Pallas konnte ihm zwar entwischen, aber nicht verhindern, dass etwas von seinem praecoxitorisch herausspritzenden Ejakulat ihr linkes Bein traf. Angeekelt wischte sie den Lendensaft mit einem Stück Wolle ab, das sie dann auf die Erde, also sozusagen auf Gaia warf. Apollodor: "Jetzt ergriff sie die Flucht, und aus dem zu Boden Geworfenen entstand Erichthonios". Der letztlich, um es kurz zu machen, von Pallas Athene aufgezogen und zum König von Athen gemacht wurde.

Und als wäre das nicht schon Grund genug, sich seiner zu erinnern, erfand E. Thonios nicht nur das Rad, sondern im selben kreativen Akt den für ihn noch wichtigeren Rollstuhl. Denn der von Hephaistos mit Gaia Gezeugte und von Pallas Athene an Kindes statt Großgezogene war zu hundert Prozent gehbehindert. Er war der Mann ohne Unterleib, das heißt: oben Mann, unten Schlange (wobei man sich natürlich fragt, wo genau "oben" aufhörte und "unten" anfing). Dass sich das mit den Pflichten eines Königs zu Athen nicht wirklich vereinbaren ließ, liegt auf der Hand. Klar sein dürfte auch, dass sein Erzeuger Hephaistos, der olympische Schmied und göttliche Handwerker, ihm dabei mit Rat und Tat zur Seite stand, auch wenn davon weder bei Hesiod noch bei Apollodor etwas zu lesen und, soviel man weiß, noch nicht einmal aus dem Munde von Michael Köhlmeier etwas zu hören gewesen ist.

Medeas Liebe mit der Brechstange

Eines muss man Medea lassen: zimperlich war sie nicht. Und wenn sie etwas unbedingt haben wollte, dann bekam sie es auch. "Die an Mitteln und Anschlägen reiche, die weise Frau", so paraphrasierte sie der Mythologe Ludwig Preller, andere übersetzen ihren Namen mit "die Ratwissende". Außerdem, beziehungsweise vor allem anderen, steht Medea für die leidenschaftliche, mythologisch nachweislich über Leichen gehende Liebe.

Um Iason, den von ihm geführten Argonauten und sich selbst mit diesen die Flucht aus ihrer Heimat Kolchis am Schwarzen Meer zu ermöglichen, opferte sie ihren eigenen Bruder. Legte seinen zerstückelten Leichnam dem Vater in den Weg. Die Wette, dass ihre Verfolger einige Zeit brauchen würden, ehe sie ihre Fassung zurück gewannen, gewann sie. So half sie dem von ihr ebenso rückhalt- wie rücksichtslos Geliebten das notorisch umkämpfte Goldene Vlies nach Iolkos zu bringen und dort (oder vielleicht auch erst später in Korinth) König zu werden.

Im weiteren Verlauf dieser asymmetrischen Beziehung kommt es zu weiteren Tötungsdelikten. Die Ansicht, dass Medea unter anderem auch ihre und Iasons Kinder umgebracht habe, wird nicht von allen geteilt. Zu schlechter Letzt scheint die Ratwissende sich keinen anderen Rat mehr gewusst zu haben als den, sich nach Athen abzusetzen und dort in zweiter Ehe Theseus' Vater Aigeus zu heiraten. Nach einer Affäre mit ihrem Stiefsohn verliert sich die Spur der keinerlei oder doch so gut wie keine Skrupel kennenden Medea in den Weiten Klein- und Großasiens.

Während die einen sagen, Medeas Liebe sei für sie nur ein Vorwand gewesen, um habituell gewalttätig werden zu dürfen, halten viele ihr zugute, dass sie leidenschaftlich für etwas brannte, eine ero-politische Vision hatte. Das scheint momentan wieder im Kommen zu sein.

Ganz große Oper: Idomeneus und "Idomeneo"

Was klein geschnittene Nudeln mit dem Trojanischen Krieg zu tun haben? Wolfgang Amadeus Mozart hätte dazu einiges sagen können. Geschnittene Nudeln nannte der Fünfundzwanzigjährige die Koloraturen, die er dem Star-Tenor Anton Raaff, der in Mozarts Oper "Idomeneo" die Titelrolle singen sollte, sozusagen auf den Leib schneiderte, also in den Kehlkopf komponierte. Indem er den Sechsundsechzigjährigen nämlich das tun ließ, was der stimmlich ein wenig ausgeleierte Tenor noch mit am besten konnte: melismatisch kollern - in gebundenen Tonfolgen oder auch staccato.

Odysseus war nicht der einzige, der nach dem Ende des

Trojanischen Kriegs - heldenhaft gesiegt hin, mit List und Tücke gerade so eben gewonnen her - im Verlauf der Heimreise und danach in Schwierigkeiten geriet. Neben einer "Odyssee" könnte es also zumindest noch eine "Agamemnee", eine "Diomedee" (Diomedes war der Parapsychologe, der die Absichten der am Kampf beteiligten Götter durchschauen konnte) und eine "Idomenee" geben.

Idomeneus - er wurde in der Münchner Uraufführung von Mozarts ähnlichnamiger Oper 1781 gesungen von Anton Raaff - verlor auf der Rückfahrt von Troja nach Kreta in einem Sturm sage und schreibe 79 von 80 Schiffe und dann die Nerven. In seiner Not gab er Poseidon das Versprechen, ihm (Poseidon) das erste Lebewesen als Opfer darzubringen, das ihm (Idomeneus) auf Kreta begegnen würde. Wer den Göttern solche Blanko-Lizenzen zum Sich-Opfer-bringen-Lassen ausstellt, darf sich nicht wundern, wenn er sich am Tag der Schuldentilgung mit Forderungen konfrontiert sieht, die jedem vernünftigen Menschen maßlos und zynisch erscheinen müssen. Denn als Idomeneus im letzten Schiff seiner Flotte die kretische Heimat erreichte, war das erste Lebewesen, das er als solches wahrnahm (Seetang, Möwen und Strandkrabben hatte er offenbar übersehen), sein Sohn Idamantes (nach Mozarts Anweisung von einem Kastraten zu singen).

Giambattista Varescos Libretto führt die durchaus opernhafte Handlung der Oper nach der Tötung eines Ungeheuers durch Idamantes zielstrebig zum Happyend. Mythologisch belegbar ist die vermutlich kinderlose Ehe mit Ilia, einer Varesco zufolge aus Ilion (Troja) nach Kreta verschleppten Prinzessin, nicht. Dass Poseidon sich im letzten Moment umstimmen ließ, sagen allerdings auch andere. Wieder andere behaupten, Idomeneus habe, um seine Schuld bei Poseidon zu begleichen, Idamantes tatsächlich geopfert, sei aber anschließend von den Kretern als angeblicher Verursacher einer Grippe-Epidemie zur Flucht nach Italien gezwungen worden. Das Darbringen von Menschenopfern galt damals noch nicht als Straftat, sondern war anerkannter Bestandteil der religiösen Praxis, so dass Idomeneus, wenn diese Version den mythologischen Tatsachen entspräche, möglicherweise als politisch Verfolgter Aufnahme gefunden hätte.

Aber da bekanntlich alle Kreter Lügner sind und die Geschichte von Idomeneus' Flucht nach Italien ebenso wie jede andere Geschichte zunächst nur von Kretern kolportiert worden sein kann, weiß man in Idomeneus' Fall noch weniger als sonst, was man glauben soll und was nicht. In dubio pro arte, würde ich sagen, also pro Idomeneo und die Konvergenz von künstlerischer und mythologischer Wahrheit.

Von Vätern, Söhnen und zurückgebrachten Schwertern

Wenn du dein vermisstes oder verlegtes Schwert in der Hand eines Fremden wiedersiehst, dann geh davon aus, dass der, der die Waffe besitzt, dein eigener Sohn ist! An zwei Beispielen soll dieser mythologische Grund- und Haupt-Satz der Dreiecks-Beziehung zwischen Vater, Sohn und Kriegsgerät erläutert und illustriert werden.

Was beiden Fällen gemeinsam ist: Die Ahnentafeln der involvierten Söhne weist diese zunächst einmal als Nachkommen von Tantalos, als sogenannte Tantaliden aus. Besonders bemerkenswert an den Tantaliden war und ist, dass bei ihnen das durchaus nicht unübliche innerfamiliäre Morden nicht mehr normal zu nennen war. Das frevelhaft häufige und abscheuliche Freveln der Tantaliden begann damit, dass Tantalos seinen jüngsten Sohn Pelops den Göttern, als diese einmal (und nie wieder) bei ihm zum Essen eingeladen waren, als Spezialität des Hauses vorsetzte. Der Fauxpas endete halbwegs glimpflich, da die Götter, als sie an den Braten rochen, bis auf die etwas zerstreute Demeter allesamt sogleich bemerkten, dass es sich nicht um Lamm, Ziege oder Rind, sondern um Mensch handelte. Ein grober Verstoß gegen die olympischen Regeln: Mensch nahm man als Gott oder Göttin nicht oral zu sich, sondern Menschen wurden inhaliert, nachdem sie von einer Priesterin oder einem Priester am Altar geopfert, also zeremoniell geschlachtet, und anschließend verbrannt worden waren.

Als ob ein Fluch nicht genug gewesen wäre, war es der durch Hermes wiederhergestellte Pelops selbst, der seinen Nachfahren einen zweiten einbrockte, als er den Wagenlenker Myrtilos nicht nur um den verdienten Lohn für den Verrat an seinem Arbeitgeber Oinomaos, sondern auch ums Leben brachte. Im Sterben hat Myrtilos noch Gelegenheit gefunden, den Nachkommen des Pelops, den Pelopiden, alles erdenklich Schlechte zu wünschen.

Einer der Pelops-Nachkommen aber war Pelops' Sohn Thyestes. Als Tantalide und Pelopide zugleich musste er, genau wie sein Zwillingsbruder Atreus, von Anfang an mit dem Schlimmsten rechnen. Und der Anfang war schon schlimm genug, aber es kam noch schlimmer. Um sich - aus Gründen, auf die hier nicht eingegangen werden kann - an seinem Bruder Atreus zu rächen, wusste Thyestes nichts Schicksalhafteres zu tun, als seine Tochter zu schwängern, damit der gemeinsame Sohn Aigisthos seinen Onkel Atreus eines Tages zur Strecke bringen würde. Das Kalkül ging auf und der zum Zweck des Onkel-Mords im Rahmen einer Notzucht gezeugte Pfeil traf Jahre später ins Schwarze.

Das Schwert, dessen Aigisthos sich bei der Bluttat bediente, war das Schwert seines Vaters Thyestes. An seinem (also an seinem) Schwert hatte Thyestes den Sohn zuvor erkannt und dessen mörderischen Zorn, der zunächst ungerechterweise ihm selbst gegolten hatte, auf seinen Zwillingsbruder Atreus gelenkt. Dass der Sohn in den Besitz der väterlichen oder auch großväterlichen Waffe gelangt war, hat etwas mit den Ereignissen bei der erwähnten Freveltat an Aigisthos' Mutter zu tun. Hier ist nur festzuhalten: Als Thyestes das Schwert erkannte, erkannte er an diesem seinen Sohn und Enkel und war sich sicher, dass nun Atreus' letztes Viertelstündchen geschlagen hatte.

Der zweite Fall von Erkennen des Sohns durch Wiedererkennen des eigenen Schwerts ereignete sich, genealogisch gesehen, nicht all zu weit entfernt von den oben mehr angedeuteten als geschilderten Ereignissen. Die unglückseligen Zwillinge Thyestes und Atreus hatten einen Bruder namens Pittheus. Der war Besitzer eines weltbekannten Weinguts und einer Tochter, die Aithra hieß. Diese verkuppelte er bei sich bietender Gelegenheit mit seinem Freund Aigeus, dem König von Attika, dem es bislang nicht vergönnt gewesen war, einen Nachfolger zu zeugen, weshalb an allen vier Beinen seines Thronsessels jeweils ein gutes Dutzend Neffen gleichzeitig zu sägen begonnen hatte. Als

Aigeus nach der von Pittheus arrangierten Liebesnacht mit Aithra selbige wieder verließ, deponierte er sein Schwert und ein Paar Sandalen unter einem Felsen. Falls Aithra von ihm schwanger war (woran Aigeus keinen Zweifel hatte), solle ihr Sohn Theseus (dass Aithra eine Tochter gebären würde, schloss Aigeus kategorisch aus) damit zu ihm nach Athen kommen, sobald er stark genug war, um den Felsbrocken beiseite zu wälzen. Insbesondere an seinem Schwert würde er Theseus dann erkennen und zu seinem legitimen Nachfolger erklären. Theseus wuchs heran, wälzte den Stein zur Seite, zog die Sandalen an, ging mit dem Schwert in der Hand nach Athen, wurde von Aigeus am Schwert erkannte, besiegte dessen Feinde und fürs erste war damit alles gut.

Da er aber nicht nur ein Held, sondern auch ein Schussel war, vergaß Theseus Jahre später bei seiner Rückkehr von Kreta (wo er den Minotaurus besiegt hatte), die weißen anstelle der üblichen schwarzen Segel zu setzen, was Vater Aigeus zu der falschen Annahme verleitete, Theseus sei ums Leben gekommen, worauf er sich ins Meer stürzte, das von nun an das Aigeuische oder Ägäische Meer hieß. Wer weiß, wie die Ägäis ohne diesen überstürzten Sturz heute heißen würde.

Theseus und Peirithoos im Hades

Kein Sitzfleisch hat, wie man so sagt, der oder die, die oder der es nicht lange im Sitzen aushält, weshalb die unter einem Mangel an Sitzfleisch Leidenden weder eine Karriere als Akademiker noch eine als Taxifahrer (was in bestimmten Studienfächern mitunter auf dasselbe hinausläuft) anstreben sollten.

Nicht mehr im vollen Besitz seines Sitzfleischs war im wörtlichen Sinn Peirithoos, nachdem er von Herakles unsanft, da notgedrungen gewaltsam von seiner Sitzgelegenheit getrennt, um nicht zu sagen: abgetrennt worden war. Peirithoos' halber Hintern blieb an der Meditations-Bank hängen, auf der er eine unbestimmbare Zeit lang neben seinem Freund Theseus gedankenverloren und in unterweltvergessener mentaler Leere gesessen hatte. Nun stand diese Bank aber nicht irgendwo, sondern der Sage und mancherlei Schreibe nach im Hades, gleich links neben der Eingangstür.

Herakles war jedoch nicht gekommen, um die beiden Angewachsenen aus ihrer auf Dauer gestellten meditativen Zwangs-Lage zu befreien - das erledigte er en passant und für ein "vergelt's Zeus". Der wahre Grund für seinen Abstieg in die Unterwelt war, dass er den dreiköpfigen Höllenhund Kerberos mitnehmen wollte. Hades, der Hundehalter, hatte sein Einverständnis gegeben, nachdem Herakles versprochen hatte, das Tier beziehungsweise Untier nach spätestens drei Tagen wieder zurückzubringen. Was das Ganze eigentlich sollte, war schwer zu sagen. Dass es als unmöglich galt, den Kerberos aus dem Hades zu holen, hatte den arglistigen Eurystheus, König von Argos, wahrscheinlich dazu veranlasst, eben dieses von Herakles zu verlangen.

In insgesamt zwölf Fällen das Unmögliche möglich zu machen, war das, was das Delphische Orakel Herakles in einer Sprechstunde verordnet oder geraten hatte. Zwölf Jahre lang sollte er Eurystheus dienen und in diesem Jahrzwölft zwölfmal das tun, was dieser von ihm verlangte, nämlich einen kaum zu erlegenden Löwen erlegen, den damals schon sprichwörtlichen Rinder-Saustall des Augias ausmisten und so weiter und so fort bis hin zum Herbeischaffen von Kerberos, dem Wachhund oder was er war am Eingang zur Unterwelt. Und alles nur deshalb, weil Herakles in paranoider Verblendung seine Frau Megara und die gemeinsamen Kinder umgebracht hatte. Anstelle von Neuroleptika verschrieb Pythia, die Chef-Priesterin des Orakels, in Vorwegnahme der homöopathischen Behandlungsmethode absurde Taten als Mittel gegen die psychischen Folgen einer absurden Tat.

War es bei Herakles letztlich oder erstlich seine, wie man heute sagen würde, in wiederkehrenden Schüben zum Ausbruch kommende paranoide Schizophrenie gewesen, die ihn in den Hades geführt hatte, so waren Theseus und sein Freund Peirithoos im unterirdischen Jenseits nur deshalb mit dem Hintern an ihren Sitzplätzen angewachsen, weil Peirithoos sich ein Tête-à-Tête mit Persephone, der Gattin von Hades und Co-Göttin des gleichnamigen Ortes, in denselben, also in den Kopf gesetzt hatte. Da der Freund dem Freunde zuvor dabei geholfen hatte, die noch nicht zur Miss Antike avancierte Helena zeitweise und wie zur Gewöhnung ans Entführt-Werden zu entführen, wollte nun auch Theseus Peirithoos zur Seite stehen, wenn dieser im Hades vor Hades trat, um ihn zu fragen, ob er ihm nicht seine Frau für ein oder zwei Stunden zur Verfügung stellen würde. Hades sagte weder ja noch nein, sondern bat die beiden präpotenten Knallköpfe, doch für einen Moment Platz zu nehmen, während er sich bei Persephone erkundigen wolle, was sie von Peirithoos' Ansinnen halte.

Aber was heißt es im Jenseits der Unterwelt schon, für einen Moment Platz zu nehmen. Tausend Jahre sind bekanntlich für einen Gott wie der gestrige Tag. Und da man im Hades nicht mehr sterben kann, weil man dort schon gestorben ist, säßen sie da heute noch, wäre nicht zufällig mit Herakles ein dritter Irrer vorbeigekommen, um der Idiotie ein Ende zu bereiten, indem er die beiden vom Hocker riss. Peirithoos musste dabei Federn in Form von Sitzfleisch lassen, Theseus scheint die Operation unbeschadeter überstanden zu haben, wobei einige Mythenerzähler sagen, es sei genau anders herum gewesen.

Polyidos' Rache

Damit er die von ihm erworbenen Kenntnisse und Fertigkeiten in der Kunst der Futurospektion niemals wieder vergessen und verlieren werde, müsse er, der Schüler, ihm, dem Lehrer, zu guter Letzt noch in den Mund spucken, sprach der Seher und Lehrer Polyidos zu seinem Adepten Glaukos. Und auch dieses Mal befolgte Glaukos folgsam die Anweisung seines Mentors und spuckte ihm aus geringer Entfernung in den weit geöffneten Rachen. Erst als Polyidos schon wieder in seiner Heimatstadt Argos im Nordosten der Peloponnes angekommen war, bemerkten Minos, König von Kreta, und sein Sohn Glaukos, dass der zwangsverpflichtete Meister-Seher die gerade erst erworbenen prospektiven Fähigkeiten seines Schülers zusammen mit dessen Spucke in sich zurückgenommen haben musste, denn bei Glaukos war davon keine Spur mehr vorhanden.

Alles hatte damit begonnen, dass der Knabe Glaukos eines Abends von seinen üblichen Streifzügen durch Knossos nicht wieder nach Hause gekommen war. Nachdem man lange vergeblich nach ihm gesucht hatte, ließ Apollon die Eltern - König Minos und seine Frau Pasiphaë - wissen: wer für die in Minos' Stall stehende kuriose Kuh, die dreimal am Tag die Farbe wechselte, einen treffenden Vergleich finde, werde auch den Vermissten finden und ihn letztlich unversehrt zu seinen Eltern zurückbringen.

Die ortsansässigen Schamanen, Veterinäre, Viehtreiber und Philologen zeigten sich der Aufgabe nicht gewachsen. Erst der im antiken Griechenland weltberühmte Geister- und In-die-Zukunft-Seher Polyidos aus dem fernen Argos verglich in einem gleichfalls weit hergeholten Vergleich die Trikolore-Kuh mit einer Brom- oder Maulbeere, was von Minos für treffend genug gehalten wurde, um Polyides in apodiktischer Manier mit der Wieder-Herbeischaffung seines Sohnes zu beauftragen.

Nachdem ein Seeadler und eine Eule ihm den Weg gewiesen hatten, fand der Seher Glaukos' leblosen Körper in einem mit Honig und Glaukos gefüllten Honig-Fass. Bei der Verfolgung seines Balls war der Junge erst in einen Keller und dann in das darin befindliche Fass geraten und einen ungeachtet seiner Süße unangenehmen Tod oder Scheintod gestorben. Alle Wiederbelebungsversuche blieben zunächst erfolglos.

Da ihm von Apollon prophezeit worden war, dass er seinen Sohn unversehrt zurückerhalten werde, war für Minos der Auftrag, den er Polyidos erteilt hatte, noch nicht ausgeführt. Um ihm Gelegenheit zu geben, die Sache ordnungsgemäß zu Ende zu bringen, ließ Minos den Seher zusammen mit seinem bis auf weiteres toten Sohn in die Grabkammer einmauern. Als eine von Polyidos im Halbdunkel der Gruft erschlagene Schlange durch eine zweite Schlange unter Verwendung einer Kräuter-Packung wiederbelebt wurde, gelang es Polyidos in analoger Weise auch den tot geglaubten Glaukos zu reanimieren.

Gewissermaßen zur Belohnung wurde Polyidos ein Ausbildungsvertrag zur Unterschrift vorgelegt. Innerhalb von drei

Jahren sollte er Glaukos bei freier Kost und Logis zum Futurologen fortbilden. Als Polyidos fragte, ob er stattdessen vielleicht auch nach Hause gehen dürfe, erhielt er zur Antwort, dies sei eines jener Angebote, die man nicht ablehnen könne. Polyidos schickte sich in sein Schicksal, aß während der Lehrzeit ein ganzes Fass Honig leer und freute sich auf seine Rache, die entweder süß oder Blutwurst - nach soviel Honig wahrscheinlich die bessere Alternative - sein würde.

Der Krieg der Giganten gegen die Götter

Der Unterschied zwischen der Gigantomanie, von der einer befallen und einer Gigantomachie, in die er hineingeraten ist, gleicht dem zwischen dem Turmbau zu Babel und einem Sturz von der Aussichtsplattform des fertiggestellten Gebäudes. Gigantomachie! Was für ein klangvoller Name für den kläglichen Untergang einer ganzen mythologischen Spezies. Aber was bluttriefend begann, musste offenbar in einem Blutbad enden.

Als in vorolympischen Zeiten Kronos, der Titan, auf Geheiß seiner Erden-Mutter Gaia seinen Himmels-Vater Uranos mit einem Sichelschwert entmannte, tropfte das Blut (und es muss dabei viel Blut geflossen sein) der abgeschnittenen Begattungsteile auf die Erde, wurde von dieser empfangen und verwandelte sich, Ironie des Schicksals, in die Giganten. Merke: Bei empfängnisverhütenden Maßnahmen sollte man darauf achten, dass diese selbst nicht zur Ursache ungewollter Schwangerschaften werden. Andererseits kamen die gigantischen Giganten der Gaia gerade recht, denn, das wusst sie schon jetzt, sie würde mit den kommenden Olympiern eines Tages noch ein Hühnchen zu rupfen haben.

Worin genau der Groll der Ge oder Gaia gegen ihre Götter-Kinder seinen Urgrund hatte, ist umstritten. Wahrscheinlich handelte es sich um einen veritablen Kränkungskomplex, dessen Analyse hier nicht geleistet werden kann. Üblicherweise wird behauptet, sie wollte sich rächen für die Verbannung der von den Göttern besiegten Titanen, welche gleichfalls ihre Kinder waren. Möglicherweise ging es auch um die Tötung eines ihr ans Herz gewachsenen Ungeheuers namens Aigis durch Pallas Athene. Oder, wofür psychologisch gesehen einiges spricht, sie konnte den Göttern nicht verzeihen, dass sie in kollektiver Nestflucht zuhause ausgezogen waren und ein Leben auf dem Olymp dem Verbleib bei und auf Mutter Erde vorgezogen hatten. Nicht ganz ausgeschlossen werden kann schließlich eine im Falle Gaias vorliegende Coelophobie, was bedeuten würde, dass alles, was wie der Himmel Uranos über und auf ihr lag, bei Mutter Erde eine Mischung aus Angst und aggressiver Aversion auslöste. Da die Götter nun den himmlischen Sphären angehörten, hätte dies auch für sie gegolten.

Fairerweise muss man zugeben, dass es nicht die Olympier gewesen sind, die den Streit mit den Giganten angezettelt haben. Es ist in mehrfacher Hinsicht eine Verdrehung der mythologischen Tatsachen, wenn der Schriftsteller Peter Weiss in seiner Ästhetik des Widerstands schreibt: "Mit Steinen nur können sie", die Giganten, "sich wehren gegen die Gepanzerten und Schwerbewaffneten, sie knien, kriechen, sie zerbrechen und fallen ins aufgerissene Straßenpflaster, preisgegeben den Wasserkanonen, Gasgranaten und Maschinengewehren."

So schwer bewaffnet und olymphoch überlegen wie der antikapitalistische Sänger in seinem pro-proletarischen Furor behauptet waren die Götter keineswegs. Als die Giganten unter Führung von Eurymedon losschlugen und damit die Gigantomachie ihren Anfang nahm, taten sie dies unter Verwendung von gewaltigen Felsbrocken und brennenden Eichen, was den Einsatz der von Peter Weiss monierten Wasserwerfer allemal rechtfertigen würde. Andere mythologische Kriegsberichterstatter wollen in den Händen der Giganten lange Speere gesehen haben, während die Göttinnen und Götter nur mit dem kämpften, was sie gewohnheitsmäßig mit sich führten, also Pfeil und Bogen, Fackeln, rotglühende Eisen und natürlich Blitz und Donner.

Nicht unerwähnt bleiben darf, dass auf Seiten der Götter der von Zeus inkognito gezeugte Herakles am Kampf teilnahm und den Giganten zusammen mit seinem Vater wahrscheinlich die entscheidenden Verluste beibrachte. Alkyoneus wurde von Herakles ebenso mit einem Pfeil niedergestreckt wie Porphyrion. Und zusammen mit Apollon tötete er Ephialtes, indem die Verbündeten in einer Parallelaktion die Augen ihres Gegenübers mit Pfeilen durchbohrten. In einem Orakelspruch war den Göttern nämlich von den Göttern geweissagt worden, sie würden aus der Gigantenschlacht nur dann als Sieger hervorgehen, wenn sie Verstärkung durch einen Sterblichen erhielten, nicht zuletzt deshalb, weil Giganten von Göttern nicht getötet werden könnten, was sich dann aber nur in Einzelfällen als zutreffend erwies. Bei Peter Weiss ist Herakles übrigens ein früher Repräsentant des Proletariats, was bedeuten würde, dass er sich in der Gigantomachie von der herrschenden Götter-Klasse für ihre Zwecke hat korrumpieren und instrumentalisieren lassen - ein Verdacht, der durch Herakles' postmortale Entrückung in den Olymp und seine Vermählung mit Hebe, der Göttin der Jugend, bestätigt zu werden scheint.

END- UND OPEN-END-SPIELE

Mit den Göttern auf Augenhöhe?

Auch an Tantalos scheiden sich die Geister. Sicher scheint nur, dass die Götter an ihm ein Exempel statuiert haben. Im Tartaros, dem Hades im Hades, leidet er an ewig unstillbarem Hunger und Durst, obwohl Wasser und Brot in Reichweite zu sein scheinen - aber nur, solange Tantalos von der scheinbaren Möglichkeit des Essens und Trinkens keinen Gebrauch zu machen sucht. Will er trinken, verschwindet das feuchte Nass, will er essen, entziehen die Früchte sich seinem Zugriff. Dazu leidet er unter der ständigen Angst, von einem über ihm hängenden Stein erschlagen zu werden, weil er nicht weiß, dass die Götter ihn unsterblich gemacht haben. Denn wie alle Lust, so will auch alle Qual, sofern sie von einem Gott herrührt, Ewigkeit.

Worin bestand Tantalos' Vergehen? Die einen sagen, er habe mit seinem Reichtum als König von Lydien an der Westküste Kleinasiens zu sehr angegeben und zu allem Überfluss noch behauptet, sein Vater sei Gott Zeus persönlich. Der sei nämlich, habe Tanatalos behauptet, seiner Mutter im Traum erschienen und habe sie bei dieser Gelegenheit geschwängert. Andere meinen achselzuckend, wer Herakles beim wettkampfmäßigen "Fang den Stein" austrickse, brauche sich nicht zu wundern, wenn dessen Vater Zeus ihm bis in alle Ewigkeit zeige, wo der Hammer, will sagen: der Stein hängt.

Eine dritte Gruppe von gelehrten Kennern der Götter- und Menschen-Psyche vertritt die zunehmend unpopuläre Ansicht, es könne nicht gutgehen, wenn einer versuche, dem oder den Erhabenen auf Augenhöhe zu begegnen. Sich von den Göttern einladen und bewirten zu lassen, sei fragwürdig genug, sie dann im Gegenzug zu sich einzuladen, aber der reine Größenwahnsinn. Wenn Tantalos im späteren Verlauf der Gegeneinladung seinen Sohn Pelops für eine geeignete Götterspeise gehalten habe, dann erhärte das den Verdacht, dass er als einer der ersten Modernen ontologische Unterschiede für bloße Konstrukte hielt. Die berühmt-berüchtigten Tantalos-Qualen sind im Lichte dieser Deutung die göttliche Strafe für die Leugnung des Unterschieds zwischen dem Realen und dem Hypostasierten oder bloß Konstruierten. Ein bisschen arg philosophisch oder weit hergeholt, könnte man meinen.

Ixions vermeintliches Vergehen

Und dann gab es da noch diesen Ixion, dessen Verlobte Dia eine Liaison mit Zeus hatte, weshalb die Hochzeit mehrmals verschoben werden musste. Um es Zeus heimzuzahlen, vergewaltigte Ixion, wie er meinte, dessen Gemahlin Hera. In Wahrheit war es nur die eigens zu diesem Täuschungszweck fabrizierte heramorphe Wolke Nephele, an oder in der Ixion sich, auf welche Weise auch immer, verging. Dennoch wurde er von den Olympiern bestraft - also offenbar nicht für etwas, das er tatsächlich getan hatte, sondern für das, was er selbst meinte, getan zu haben. Wer also wähnt, sich betrunken hinters Steuer gesetzt zu haben, obwohl er noch nüchtern genug war, dem wird vom zuständigen Gott Hermes ebenso der Führerschein entzogen wie demjenigen, der sich für fahrtüchtig hielt, obwohl er zwei Promille Alkohol im Blut hatte.

Ixion allerdings kam nicht so glimpflich davon. Er wurde zur Strafe auf ein Rad gebunden und wird nun bis in alle Ewigkeit bei mittlerer Hitze im Tartaros gegrillt. Das hat insofern seine Richtigkeit, als Ixion selbst seinen Schwiegervater Deioneus in eine Fallgrube mit glühenden Kohlen gelockt und auf diese Weise ermordet hatte. Denn für Ixion stand fest, dass Deioneus bei der Affäre seiner Tochter Dia mit Zeus die Rolle eines Kupplers, um nicht zu sagen: eines Zuhälters gespielt hatte.

Doch hätte Ixion den Schwiegervater-Mord nicht begangen, wäre er niemals auch nur in die Nähe von Hera gekommen, um sich durch deren vermeintliche Übermannung an Zeus rächen zu können. Nach dem Mord an Deioneus ist Zeus es gewesen, der für die Rehabilitierung Ixions sorgte, indem er ihm Zutritt zur olympischen Tafel der Götter verschaffte. Der Gedanke, Ixion könnte den Mord begangen haben, nur um Gelegenheit zu Heras Vergewaltigung zu bekommen, ist reizvoll aber gewagt. Es wäre Aufgabe einer Psychologie der mythischen Motive, den Fall Ixion und andere Komplexe zu untersuchen und plausible Verhaltens-Erklärungen auf der Grundlage wissenschaftlicher Modelle anzubieten.

P. S.: Die Herkunft Ixions ist umstritten. Unter anderem wird vermutet, er sei der Sohn von Ares, dem Gott des emotional geführten, grausamen Krieges (im Gegensatz zur affektlos-effektiven, rationalen Kriegsführung der Pallas Athene). Ares wiederum, soviel steht fest, ist ein Sohn von Zeus und Hera, Ixion wäre also ein Enkel der beiden gewesen. Was wiederum heißen würde, dass Ixion in der Wolke namens Nephele seine eigene Großmutter Hera zu begatten glaubte, wobei nicht anzunehmen ist, dass er sich dessen bewusst war. Obwohl man in diesen Kreisen immer mit allem rechnen muss.

Tod durch Bumerang

Zeus kann auch Goldregen. Als es über und auf Danaë Gold regnete, war er es, der sich mit 19,3 Gramm pro Kubikzentimeter auf und in sie ergoss, so dass sie niederkam mit Perseus, dem Heroen und späteren Medusen-Enthaupter, der allerdings nie hätte auf und von dieser Welt sein sollen. Sieht man sich die zahlreichen bildlichen Darstellungen des edlen Metallniederschlags an, ergibt sich für Bob Dylans Song, in dem es titelgebend heißt: "it's a hard rain a-gonna fall", eine Interpretationsmöglichkeit mehr. Von blauen Flecken ist aber weder in der "Bibliotheke des Apollodor" noch bei Ovid die Rede.

Danaës Vater Akrisios hatte diese und auch jede andere

Schwangerschaft seiner Tochter verhindern wollen, indem er die Schöne erst in einen bronzenen Turm einsperrte und dann zusammen mit dem dennoch neu Geborenen in einem Holzkasten dem Wind und den Meereswellen überantwortete. Denn durch das Orakel von Delphi war Akrisios prophezeit worden, dass er durch die Hand seines Enkels sterben werde. Ohne Enkel kein Tod durch denselben, wähnte der ehrlos-elende Vater und Großvater, obwohl er hätte wissen müssen, dass jede Gegenmaßnahme das erste Glied in einer Kette von Ereignissen sein würde, welche, auf welchen Umwegen auch immer, zum prophezeiten Resultat führen würden.

Aus Versehen beziehungsweise aus Schicksal ebenso präzis wie tödlich traf Akrisios geschätzte zwanzig Jahre später die Scheibe eines von seinem Enkel Perseus sportlich spontan geschleuderten Diskus'. Wäre es, historisch verfrüht, ein Projektil aus einer Sportwaffe gewesen, hätte man von einer verirrten Kugel sprechen müssen.

Zwischen dem bronzenen Turm mit dem darauffolgenden Holzkistenfloß und dem sportlichen Ende des Akrisios lagen eine rettende Insel, das von Perseus in einen See geworfene gemeinsam genutzte Auge der drei Graien, die spiegelverkehrte Enthauptung der Medusa durch den nämlichen Heroen, die Errettung und Ehelichung der Andromeda und die Rückkehr zum Ausgangspunkt der Geschehnisse. Ende gut, alles Bumerang.

Marsyas: Die Gnadenlosigkeit der zu frühen Geburt

Im Katalog eines Schweizer Blockflöten-Herstellers werden die Flöten der Baureihe Marsyas folgendermaßen beschrieben: "Die Sopranflöten Marsyas sind fein und elegant klingende Instrumente, die eine erstaunliche Flexibilität und Klangstärke aufweisen. Selbst bei sanftem Blasdruck sind die Marsyas Altblockflöten sehr farbenreich im Klang. Das Spektrum reicht von warm bis brillant, der Klang bleibt aber immer elegant."

Der Satyr Marsyas, Namenspatron dieser Schaffhausener

Instrumenten-Baureihe, spielte zwar nicht wirklich auf einer Blockflöte, aber immerhin auf einer gleichfalls aus Holz gefertigte Doppelflöte, deren Klang demjenigen einer Blockflöte nicht ganz und gar unähnlich gewesen sein wird.

Ursprünglich hatte Marsyas' Instrument Pallas Athene gehört und war von dieser wohl auch angefertigt worden. Warum Athene sich von ihr trennte, klingt für den intimen Kenner der griechischen Mythologie ebenso fein wie unverkennbar an, wenn es im Katalogtext heißt: "Selbst bei sanftem Blasdruck sind die Marsyas Altblockflöten sehr farbenreich im Klang." Das Spielen auf der Flöte hatte ihr nicht gut zu Gesicht gestanden, wie Athene bei einem Blick in den Spiegel eines Teichs feststellen musste. Man darf vermuten, dass die Flötenbauer- und -spielerin wegen des erforderlichen hohen Blasdrucks rot anlief und ihre Augen ein wenig hervorquollen. Nicht nur der Blockflötenbau im engeren Sinn von Blockflöte will eben gelernt sein.

Als Marsyas die von Pallas Athene weggeworfene Tute fand, hielt er das zunächst für einen Glücksfall. Einen Satyr entstellt so leicht nichts und Marsyas hatte nicht nur kräftige Lungen, sondern offenbar auch musikalisches Talent. Als er in Kleinasien als Doppelflötenspieler weltberühmt geworden war, kam es zu einem musikalischen Wettstreit zwischen ihm und Apollon. Ob der Gott den vielleicht allzu sehr von sich eingenommenen Satyr oder dieser den Gott herausgefordert hat, wissen die Götter.

Das Ende vom Lied war, dass die Jury, die nur aus Musen bestand, Apollon zum Sieger erklärte, nachdem dieser seine Lyra oder Kithara umgedreht gespielt hatte und Marsyas es ihm bei aller Virtuosität als Flötist nicht gleichtun konnte. Zur Strafe, wofür auch immer, wurde dem angeblich unterlegenen Marsyas bei lebendigem Leibe die Haut abgezogen - das grausame Ende eines der größten antiken Flöten-Talente mit oder ohne Block.

Nachtrag: Neue Musik-Zeiten, andere Spieltechniken. Würde es heute zu einem Wettstreit zwischen Apollon und einem modernen Blockflöten-Virtuosen kommen, hätte letzterer eine gewisse Chance, die Arena mit heiler Haut beziehungsweise ungehäutet (ob zu Recht oder zu Unrecht, sei dahingestellt) wieder zu verlassen. Denn nach der

Wiederentdeckung der Blockflöte durch die sogenannte Neuen Musik dürfte das Spiel auf dem umgedrehten Instrument mittlerweile zu einer der Standard-Übungen geworden sein.

Ödipus: Es ist erst zu Ende, wenn es zu Ende ist

Als Ödipus auf dem Weg nach Theben an der Sphinx vorbei musste, blieb ihm wohl nichts anderes übrig, als die rätselhafte Frage, die sie ihm stellte, richtig zu beantworten. Denn die Prophezeiung des apollinischen Orakels zu Delphi war erst zur Hälfte in Erfüllung gegangen. Schon (und eben erst) hatte Ödipus, freilich ohne zu wissen, was er tat, seinen Vater Laios erschlagen. Doch noch hatte er nicht ebenso ver- wie vorsehentlich mit seiner Mutter zwei Söhne und zwei Töchter als die eigenen Halbbrüder und -schwestern gezeugt.

Welches Wesen das wohl sein könne, das, mit der Fähigkeit zu sprechen ausgestattet, erst vierbeinig sich fortbewege, bald darauf zweibeinig und endlich dreibeinig durchs Leben gehe, wollte die Sphinx von ihm wissen. Das ist der Mensch, hörte Ödipus sich sagen, während er sich fragte, wen oder was er da eigentlich vor sich hatte: Eine leomorphe Femme fatale? Eine vom Aussterben bedrohte Großkatze? Einen misslungenen Vogel Greif? Am Anfang krabbelt er auf allen Vieren, dann geht er auf zwei Beinen und endlich nimmt er als eine Art drittes Bein einen Stock zur Hilfe, so Ödipus weiter. War er es, der da sprach oder sprach der Mythos aus ihm?

Wie soll ich wissen, was ich weiß, bevor ich höre, was ich sage. Damit der Kreis ein vollständiger Kreis wird, muss er sich schließen. In der Sprache gibt es ein Prinzip der Selbstvervollständigung mit Hilfe des Autors, notiert ein bekannter zeitgenössischer Philosoph schmunzelnd. Die Prophezeiung des Delphischen Orakels ist erst dann in Erfüllung gegangen, wenn sie in Erfüllung gegangen ist. Die Sphinx hat keine Chance, falls ihr Obsiegen dem im Mythen-Drehbuch vorgesehenen Unhappy End der Geschichte im Wege stünde.

Eos und Tithonos

"Das Laub wird welk, das Laub wird welk und fällt, / Der Regen weint der Wälder Last zu Boden, / Der Mensch gräbt Äcker um, liegt endlich selbst begraben, / Es stirbt nach vielen Sommern Greif und Schwan." So oder so ähnlich beginnt Alfred, Lord Tennysons Gedicht "Tithonus". Aber nicht mit einer weiteren Vanitas-Betrachtung darüber, dass alles, was entsteht, Zeus sei 's geklagt, zugrunde geht, hat man es hier zu tun. Sondern, ganz im Gegenteil, mit einem Lob der Sterblichkeit: "Me only cruel immortality / Consumes: I wither slowly in thine arms", fährt das lyrische Ich in den beiden nächsten Zeilen fort. Von grausamer Unsterblichkeit konsumiert, aufgebraucht, verzehrt und zugrunde gerichtet, wird Tithonos in ihren, Eos', Armen langsam aber sicher über die Jahre, Jahrzehnte und Jahrhunderte immer weniger und weniger werden.

Denn Eos, die Göttin der Morgenröte, hatte nicht mit Zeus' plötzlicher Neigung zur Haarspalterei gerechnet. Als sie den ersten Vorsitzenden des Vereins der Olympier, der gerade wegen seiner Affäre mit Ganymed in die Kritik geraten war, darum bat, ihren sterblichen Liebhaber Tithonos unsterblich zu machen, war Eos davon ausgegangen, dass Immortalität ohne ein befriedigendes Maß an physischer Integrität nicht zu haben ist. Der wegen des erzwungenen Verzichts auf Ganymed verstimmte Zeus beschloss aber aus einer boshaften Laune heraus, zwischen Unsterblichkeit und dem Einfrieren sämtlicher Alterungsprozesse einen Unterschied zu machen. Warum sollte ER auf den schönen Schönling Ganymed verzichten müssen, während sich die Göttin des Tagesanbruchs in der Stunde vor dem Einsetzen der Dämmerung bis in alle Ewigkeit von dem gleichfalls (noch) nicht unattraktiven Tithonos die Wangen und anderes röten ließ?

Auf die unschönen Details soll hier nicht eingegangen werden. Nach und nach stellte sich heraus, dass Tithonos erkennbar immer älter und spürbar immer weniger wurde. Auf Nachfrage bei Zeus erklärte dieser, er habe Tithonos das verliehen, worum Eos ihn gebeten habe: Unsterblichkeit. Von ewiger Jugend sei nie die Rede gewesen. Grausam, wie Eos und ihr Freund Lord Tennyson behaupteten, sei das keineswegs, sondern professionell. Er, Zeus, habe genau das und nur das geliefert, was bei ihm bestellt worden sei. Und die Frist für Reklamationen sei im übrigen längst abgelaufen.

Das Ende vom Lied war, jedenfalls bei Alfred Tennyson, Tithonos' flehentliche Bitte um Sterblichkeit - dass es in Eos' Macht stand, ihm diese zu gewähren, ist allerdings durchaus zu bezweifeln: "Release me, and restore me to the ground; / Thou seëst all things, thou wilt see my grave: / Thou wilt renew thy beauty morn by morn; / I earth in earth forget these empty courts, / And thee returning on thy silver wheels."

Lailaps und die Unsterblichkeit der Kunst

"Bei Fuß, Lailaps!" Prokris hatte den bis dahin namenlosen Sturmwind von einem Hund von Minos, dem König von Kreta, geschenkt bekommen. Ein Hund, noch dazu ein unsterblicher, der schneller war als alles, was sonst noch vier Beine hatte, um von Zweibeinern und Tausendfüßlern nicht zu reden. Dazu einen Speer, der sein Ziel (also das der Werferin oder des Werfers, zeitgenössisch: der oder des Werfenden) nie verfehlte. Dafür hatte sie, Prokris, König Minos von einem dubiosen Leiden befreit, falls man den Umstand, dass Minos' Körper beim Geschlechtsakt nicht nur das Übliche, sondern auch noch Schlangen, Skorpione und Tausendfüßler entströmten, ein Leiden nennen möchte. Man hätte darin auch eine Gabe oder Fähigkeit sehen können, wenn Minos dazu in der Lage gewesen wäre, diese exklusive Sonder-Begabung als etwas zu sehen, womit er nicht bestraft, sondern beschenkt worden war.

Mit Lailaps an der Leine und dem Speer über der Schulter kehrte Prokris zu ihrem Mann Kephalos zurück, den sie ein paar Wochen zuvor schwer gekränkt und zutiefst beleidigt verlassen hatte. Als kränkend und beleidigend hatte sie empfunden, dass ihr Gatte Kephalos mit falschem Bart und verstellter Stimme ihre Treue auf die Probe stellen wollte, genauer gesagt: dass er es für möglich gehalten hatte, dass sie ihm, den sie schon von Kindesbeinen an kannte, jemals untreu werden könnte.

Tatsächlich wäre sie dem bärtigen Fremdling wohl auch zu willen gewesen, wenn dieser sich nicht im entscheidenden Moment als Kephalos entpuppt hätte. Aber dass Kephalos' Untreue-Bereitschafts-Verdacht begründet gewesen war, wog nach Prokris' Dafürhalten ehemoralisch weniger schwer als die Tatsache, dass Kephalos ihn gehabt hatte. Eine logisch wie psychologisch schwierige Situation, der sich Prokris schmollend entzog, indem sie für ein paar Wochen nach Kreta reiste, von wo sie nun mit einem Superdog und einer Wunderwaffe zurückkehrte.

Wie Prokris ("die Auserwählte") und Kephalos ("der Schönhäuptige") ihre logischen und psychologischen Eheprobleme lösten, ist weniger interessant als das, was später mit Lailaps passierte, der zunächst als Versöhnungsgeschenk von Frauchen zu Herrchen wechselte. Als nämlich eines Tages ein bösartiger Fuchs auftauchte, wurde Lailaps von der Leine gelassen, um diesem den Garaus zu machen, was ihm unter normal unnormalen Umständen auch gelungen wäre. Während aber Lailaps per definitionem deorum ein Jagdhund war, dem keine Beute entging, war der Fuchs nach dem Willen derselben Götter ein Fuchs, den nichts und niemand zu fassen bekam. Ein logisches, besser gesagt: ein ontologisches Dilemma! Zwei Wesen mit diesen einander widersprechenden Eigenschaften können und dürfen eigentlich nicht gleichzeitig existieren.

Solange Fuchs und Lailaps nicht in einen faktischen Interessenkonflikt gerieten, war das Problem zwar theoretisch vorhanden, aber nicht real gegeben. Die onto-logische Implosion, die dem Kosmos nun jedoch drohte, konnte von Zeus, der die Gefahr blitzartig erkannte, im letzten Moment dazwischen donnernd verhindert werden, indem er Jäger und Gejagten geistesgegenwärtig in Marmor-Skulpturen verwandelte.

Sublimation ist besser als Im- oder Explosion. In der Sphäre der Kunst, das war Zeus intuitiv klar, sind Unvereinbarkeiten das

Normalste von der Welt, ohne dass deswegen irgendwelche praktischen Unannehmlichkeiten zu erwarten wären. Dass auch der in eine Skulptur verwandelte Lailaps, wie eingangs erwähnt, auch und erst recht nach seiner Petrifizierung unsterblich war, ist vielleicht einer der Gründe dafür, dass Kunstwerke bisweilen als unsterblich gelten.

Der Fall Dido

Hat Dido Selbstmord begangen und, wenn ja, wie und warum? Wer sich mit Kriminalgeschichten ein wenig auskennt, und für wen träfe das heute nicht zu, weiß, dass die meisten vermeintlichen Selbstmorde keine Suizide, sondern Fälle, also Vorkommnisse von Mord oder Totschlag sind. Im Falle von Dido, der Gründerin und Königin von Karthago, ist alles schon so lange her, dass längst keine Spuren mehr gesichert, geschweige denn Zeugen befragt werden können. Es hätte also nicht viel Sinn, wenn wir Zweifel anmelden würden an dem, was von sämtlichen Quellen übereinstimmend behauptet wird: Dido selbst war es, die ihrem Leben ein Ende gesetzt hat.

Vor der Frage nach dem Wie, die nach dem Warum. Wegen Aeneas! tönt die Antwort aus mindestens neunzig Opern, darunter "Dido and Aeneas" von Henry Purcell, nachweislich uraufgeführt Ende der 1680er Jahre in einem Londoner Mädchenpensionat. Schon als die jungen Damen im Programmheft den Titel von Didos Arie "When I am laid in earth" im dritten und letzten Akt lasen, wussten sie, dass sie sich die Hoffnung auf ein happy ending abschminken konnten, falls so etwas wie Schminke in ihrem Institut überhaupt erlaubt war. Wie konnte es dazu kommen?

Unter Aeneas' Führung hatte sich eine Gruppe von Troern nach der Eroberung ihrer Stadt durch die Griechen per Schiff auf den Weg zu neuen Ufern gemacht. Ein Sturm verschlug sie an die Küste von Nordafrika, wo sie sich, von Königin Dido gastfreundlich aufgenommen, eine Erholungspause gönnten und ihre Schiffe reparierten. Als die Pause vorbei war, löste sich Aeneas aus Didos

Armen und meinte, er müsse jetzt mal weiter, nachdem ihn zuvor der Götter-Kurier Hermes im Auftrag von Zeus daran erinnert hatte, dass, historisch gesehen, seine eigentliche Aufgabe darin bestand, die Vorbereitungen zur Gründung des neuen Ilion in Gestalt der Stadt Rom zu treffen.

In Purcells Oper entschließt sich Aeneas im letzten Moment, die Sache mit Rom einem anderen zu überlassen und bis auf weiteres bei Dido in Karthago zu bleiben. Die will aber jetzt nichts mehr von ihm wissen und bringt sich lieber um, als an der Seite eines Mannes zu leben, dessen Urteil in erster Instanz zugunsten der Italienerin ausgefallen war: You never get a second chance to make a first impression, wie man in Karthago sagte.

Wer die Geschichte bis hierher unaufmerksam verfolgt hat, hat wahrscheinlich nicht bemerkt, dass die Frage nach dem Wie der Selbsttötung noch nicht beantwortet worden ist. Die phallophobe oder auch phallophile Antwort lautet: Dido stürzte sich in Aeneas' Schwert. Dass es dabei, psychologisch gesehen, um Übertragung geht, ist unschwer erkennbar. Wer nach dem Phallus greift oder diesen umfängt, soll durch den Phallus umkommen. Andere berichten von einer feministisch inspirierten Selbstverbrennung: Dido habe alle Gegenstände, die sie an Aeneas erinnerten, also Tisch, Bett, Zahnbürste und so weiter, auf einen Haufen geworfen und angezündet. Zuletzt fiel ihr auf, dass auch ihr eigener Körper unter dinglichem Aspekt als Erinnerungsträger und -speicher fungierte. Da sie keine Frau war, die halbe Sachen machte, zog sie die Konsequenz und ließ auch ihn zum Raub der Flammen werden.

Daphne, Apollon und der Lorbeerkranz

Als Jerry alias Jack Lemmon alias Daphne am Ende von Billy Wilders Filmklassiker "Some Like It Hot" die Perrücke abnimmt und sich als Mann zu erkennen gibt, auf dass der in Liebe zur vermeintlichen Daphne entbrannte Millionär Osgood Fielding III. endlich von ihr, also von ihm ablasse, zeigt Osgood sich keineswegs desillusioniert und erotisch ernüchtert, sondern kommentiert die neue Lage nur relativ unbeeindruckt mit dem Satz: "Well, nobody's perfect!"

Nicht viel anders reagierte Apollon, als Daphne, die Tochter eines Flussgotts, sich vor seinen Augen und unter seinen Händen in einen Lorbeerbaum verwandelte: "An den Stamm hält er die Rechte / und fühlt noch unter der neuen Rinde die zitternde Brust. / Die Zweige, wie Glieder, mit seinen Armen umschlingend / küsst er das Holz, doch das Holz weicht vor den Küssen zurück." So schildert Ovid den Moment, in dem der mit einer plötzlich anderen Daphne konfrontierte Gott keineswegs daran denkt, aus seinem jagdfiebrigen Liebes-Traum zu erwachen und unter der kalten Dusche einer veränderten Realität emotional und genital (oder umgekehrt) zu erschlaffen.

Apollons Wolllust würde wohl auch vor einer floralen Daphne nicht Halt gemacht haben, hätte diese sich ihm nicht auch noch als Holz Gewordene konsequent verweigert. An Daphnes entschiedenem Nein wie an Apolls nicht minder entschiedenem Ja waren die Pfeile des Eros schuld, wobei der goldene Pfeil den einen zum Jäger und der bleierne die andere zur Fliehenden und Gejagten machte. Eros ist nämlich nicht nur der Gott des Haben-Wollens, sondern auch der des Sich-nicht-hingeben-Mögens, also der anti-erotischen Frustration. Wobei nicht die vom bleiernen Pfeil der Verneinung Getroffenen die Frustrierten sind, sondern diejenigen, die das Pech haben, sich zu diesen hingezogen zu fühlen.

Warum überhaupt hat aber Eros das volatile Viagra in Apollon und den Liebes-Töter in Daphne geschossen? Weil Apoll ihn als schlechten Schützen verhöhnt hat, heißt es. Doch vielleicht wollte der ewige Unruhestifter, der zusammen mit Gaia (der Erde), Nyx (der Nacht) und Tartaros (der untersten Unterwelt) unmittelbar dem Chaos entstammte, aus einer nostalgischen Laune heraus für eine Renaissance des Chaotischen sorgen. Da das Chaos aber nicht geboren wurde, konnte es auch nicht wiedergeboren werden. Das Ergebnis des erotischen Experiments mit den einander entgegen wirkenden Pfeilen war denn auch kein neues altes Chaos, sondern eine so noch nicht dagewesene, symbolträchtige und kulinarisch wertvolle Pflanze. Denn Lorbeerbäume gab es erst, nachdem Daphne sich in deren Prototyp verwandelt hatte.

Wir müssen uns den Verlierer vielleicht nicht als glücklichen Menschen, aber doch als eine andere Art von Sieger, den sexuell Frustrierten als einen sublim Erhöhten vorstellen. Sublimation ist Lorbeer statt Liebesakt. Apollon beschloss, das daphnische Blattwerk umzudeuten und von nun an bis in Ewigkeit einen Lorbeerkranz nicht zum Zeichen seiner Niederlage, sondern als Symbol des Obsiegens der höheren Werte auf dem Haupt zu tragen. Dass er damit einem weit verbreiteten, offenbar rein männlichen Bedürfnis Ausdruck verliehen hat, belegen die vielen Lorbeerkranz-Träger (Caesar, Dante, Napoleon, Goethe, die Fußball-Ultras und andere mehr), die seinem Beispiel seither gefolgt sind.

Helena: Die Heilige mit den zwei Köpfen

Bevor du dich mit deinen Freundinnen triffst, wischst du bitte noch die Tische ab und fegst die Scherben auf dem Boden zusammen, Helena. Der so sprach, war nicht König Tyndareos, der Adoptivvater jener aus einem Schwanen-, womöglich auch Gänseei geborenen Spartanerin, um die dann der Trojanische Krieg geführt werden sollte. Sondern es war ein heute namenloser Gastwirt im Weiler Drepanon, gelegen am östlichen Zipfel des Marmarameers, schräg gegenüber von Byzantion, dem späteren Constantinopolis und dem noch späteren Istanbul.

Als die Tochter des Kneipenbesitzers 249 Jahre nach Christi Geburt geboren wurde, deutete nichts darauf hin, dass sie einmal die Mutter des römischen Kaisers Konstantin I. oder des Großen sein würde, dem zu Ehren Byzantion 337, einige Jahre nach Helenas Tod, in Constantinopolis umbenannt werden sollte, und dass der Portugiese João da Nova im Jahr 1502 einer heute nur noch mit Gras, Büschen und ein paar Häusern bedeckten Insel im Südatlantik ihren Namen geben würde.

Vielleicht hat die Plünderung und Zerstörung Byzantions durch die Goten im Jahre des im Aufstieg begriffenen Herrn 258, also um

Helenas neunten Geburtstag herum, ihre Eltern veranlasst, Drepanon zu verlassen und ins 800 Kilometer entfernte Naissus im heutigen Serbien überzusiedeln, um dort erneut gastronomisch tätig zu werden. In Naissus jedenfalls begegnete die gleichfalls schöne Helena als Betreiberin einer Herberge um das Jahr 275 herum dem Römer Constantius, der erst der Vater ihres Sohnes Constantinus und einige Jahre später römischer Kaiser wurde, weshalb er sich beizeiten nach einer standesgemäßeren Frau an seiner Seite umsehen musste. Das hinderte Helena aber nicht daran, mit ihm und ihrem gemeinsamen Sohn nach Trier zu gehen, wo sich heute noch (beziehungsweise wieder) ihr Kopf oder, wie es diskreter heißt, ihre Kopfreliquie befinden soll. Einen anderen ihrer Köpfe verehrt man seit dem neunten Jahrhundert in Hautevillers bei Epernay in der Diözese Reims. Heute ist Helena eine Heilige, ohne dass sie je heilig gesprochen worden wäre - im ersten Jahrtausend nach Christus war Heiligkeit noch etwas Kulturwüchsiges: heilig war, wer gewohnheitsmäßig angebetet wurde.

Wie es dazu kam, ist eine längere Geschichte, die hier nicht erzählt werden soll. Der bald nach Helenas Tod in Trier geborene Kirchenvater und Bischof von Mailand Ambrosius sagt, Christus habe sie "von der Miste auf den Thron erhoben". Kam die profan geborene christliche Helena den höheren Sphären im Lauf ihres Lebens und erst recht nach ihrem Tod immer näher, kann bei ihrer mythologisch bezeugten Namensschwester eine Art Gegenbewegung nicht gänzlich in Abrede gestellt werden. Gezeugt von Zeus, dem Gott unter den Göttern, dann aufgewachsen als Königstochter, wurde sie schon bald zum umkämpften Beutegut im üblichen Rahmen viril-martialischer Auseinandersetzungen, um in späteren Jahren ein mythologisch unauffälliges Leben an der Seite ihres ersten Mannes Menelaos zu führen - sowohl in mythischen als auch in frühchristlichen Tagen wahrscheinlich nicht die schlechteste Art, die Zeit zu verbringen, die einem und einer auf Erden gegeben ist.

Während die spartanische Helena anscheinend keine übernatürlichen Fähigkeiten besaß, geschweige denn heute noch besitzt, heißt es von der zur Halbgöttin avancierten Gastwirts-Tochter aus Drepanon in Melchers' Großem Buch der Heiligen: "Sie beschützt uns vor Blitz und Feuersgefahr; sie hilft bei der Entdeckung von Diebstählen."

Pterelaos: Sein Leben hing an einem goldenen Haar

Wenn schon ein einziges goldenes Haar unsterblich macht, dann muss die Loreley, die in Heinrich Heines Gedicht "mit goldenem Kamme" ihr goldenes Haar kämmt, mehr als hunderttausendfach unsterblich gewesen sein, denn es ist kaum anzunehmen, dass mit dem Wort Haar am Ende der vierten Zeile der dritten Strophe jener bekannten Ballade ein einzelnes Haar der Loreley gemeint ist und nicht die blonde Gesamtfülle ihrer Lockenpracht.

Dass aber, wie gesagt, nicht nur eine herausragende künstlerische, wissenschaftliche oder sonstige Leistung, sondern schon das Herausragen eines einzigen goldenen Haares aus seiner Kopfhaut einen Mann unsterblich machen kann, ist eine mythologische Tatsache. Mit dem Vorhandensein eines singulären Gold-Haars waren nämlich im Falle des Pterelaos, König der Taphier, die Eigenschaften der Unbesiegbarkeit und der Immortalität leider Gottes nicht untrennbar, sondern, wie wir sehen werden, jederzeit ausreißbar verbunden.

Die ganze Sache wäre trotz der üblichen populären Kampfszenen kaum des erzählerischen Hinsehens wert, wenn es sich bei den Mythen nicht um ein mafiöses und korruptionsverdächtiges Beziehungsgestrüpp handeln würde. Jeder kleinste Vorfall, und sei es auch nur der Verlust eines Haares, zieht Kreise, und zwar bis in die höchsten. So muss, wer Pterelaos sagt, eher früher als später auch Poseidon sagen und ihn Pterelaos' Vater oder auch Großvater nennen. Einig scheint man sich darüber zu sein, dass der Meeresgott selbst es war, der auf dem Kopf seines Sohns oder Enkels in einer Laune des Olymp das in Rede stehende goldene Haar wachsen ließ. Nicht ganz einig sind sich die Kolporteure, wenn es darum geht, unter welchen genealogischen Voraussetzungen Pterelaos das Haar und sein Leben wieder verloren hat.

Zweifellos war Amphitryon als einer der Haupttöter in den Fall verwickelt. Aber auf die Frage, wer Amphitryon in Wahrheit war, antworten die einen dies, die anderen etwas anderes. War er der Bruder von Elektryon, dem König von Mykene, oder war er nicht vielmehr der Bruder von dessen Frau Anaxo, also sein Schwager? Als gesichert kann gelten, dass er irgendwann doch noch seine Nichte Alkmene geheiratet hat, die, auch darüber besteht Einigkeit, die Tochter von Elektryon gewesen ist. Strittig bleibt eben nur, ob Alkmene in der Gestalt ihres Onkels Amphitryon den Bruder ihrer Mutter oder den ihres Vaters zum Mann genommen hat. Ein Sowohl-als-auch kann ausnahmsweise ausgeschlossen werden.

Etwas verfrüht war gerade vom Heiraten die Rede. Verfrüht deshalb, weil zuvor noch Formalitäten zu erledigen waren. So musste eine von Pterelaos, dem Mann mit dem Gold-Haar, gestohlene Viehherde nach Mykene zurückgebracht und der Tod der im Kampf gegen nämlichen Pterelaos gefallenen Söhne des Brautvaters, bei denen es sich zugleich um die Brüder der Braut und die Neffen und zukünftigen verstorbenen Schwäger des Bräutigams handelte, gerächt werden. Ersteres ging dank einer Löse- oder Schmiergeldzahlung relativ reibungslos vonstatten, mit letzterem tat Amphitryon sich verständlicherweise schwer, denn sein Gegner Pterelaos war wegen des goldenen Haars, das ihm Sieg und Leben garantierte, unüberwindlich und unsterblich. Dass das störende Haar von selbst ausfiel, war erst mittel- bis langfristig zu erwarten, also musste es jemand entfernen.

Das Ausziehen oder Ausreißen oder Abschneiden von Haaren, man denke unter anderem an die etwa zur selben Zeit spielende biblische Geschichte von Samson und Delilah, war damals noch Frauensache. Zum Glück für Amphitryon hatte Pterelaos eine rothaarige Tochter namens Komaitho, das heißt nämlich soviel wie "flammendes Haar", die sich in den Haupt- und Todfeind ihres Vaters verliebte. So kommst du mir nicht aufs Schlachtfeld, sagte Komaitho zu ihrem Vater Pterelaos, erst muss ich dir noch die Haare schneiden. Anstatt wie gewöhnlich am goldenen Haar der Haare nur die Spitze nachzuschneiden, riss sie es mitsamt der Wurzel aus und behauptete, es sei ein graues gewesen. Den Rest kann man sich denken, es war die übliche mythologische Mischung aus Blut und Schweiß, Sperma und Tränen.

Bleibt zu erwähnen, dass sich diese Ereignisse im Vorfeld der Geburt des Herakles abgespielt haben. Nur um Alkmene, die zukünftige Mutter des Schlagetots zur Frau zu bekommen, hatte Amphitryon den mörderischen Tanz ums goldene Haar des Pterelaos mitgetanzt und im Eifer des Gefechts auch noch die in ihn verschossene Komaitho erschlagen, wahrscheinlich ohne zu ahnen, dass er ihr, wenn nicht sein Leben, so doch den Tod seines Hauptwidersachers verdankte. Und dann geht Alkmene mit Zeus ins Bett, um der amerikanischen Filmindustrie die Vorlage für Superman zu liefern! Aber das ist eine andere Geschichte, die mit dem goldenen Haar des Pterelaos allenfalls beziehungsgestrüppmäßig etwas zu tun hat.

Eine Schädel-Skulptur

Wie ein Aquarium mit aqua, also mit Wasser gefüllt ist, so ein Ossuarium mit dem Plural von os, also cum oribus, das heißt: mit Knochen. Beinhäuser, in denen die aus Platzgründen exhumierten Knochen der Verstorbenen ihre zweite und gewiss nicht letzte Letzte Ruhestätte fanden, gab und gibt es wahrscheinlich nicht nur in ganz Europa.

Das Gebeinhaus, das Herakles schon von weitem in der Mittagssonne leuchten sah, war aber von ganz anderer und durchaus eigenartiger Natur. Diese Schädel- und Knochen-Kathedrale an der Landstraße von Tempe nach Thermopylai hatte es in sich. Was sie in sich hatte und woraus sie bestand, war das, was von den Reisenden übrig geblieben war, nachdem ein wilder Mann namens Kyknos sie überfallen, ermordet und ausgeraubt hatte. Dabei waren es vor allem die Schädel, auf die Kyknos es abgesehen hatte. Das Beutegut im herkömmlichen Sinn nahm der Kopfjäger nur deshalb an sich, weil sonst niemand da war, der das hätte tun wollen. Die Wertgegenstände eines erschlagenen Wanderers zu missachten und zusammen mit allen anderen für den Bau des Schädel-Monuments irrelevanten Teilen desselben, also des Wanderers, auf den Müll zu werfen, wäre Kyknos irgendwie frevelhaft und undankbar vorgekommen.

Indem Herakles sich dem Turmbau näherte, versuchte er, die von der Sonne gebleichten Gehirn-Zellen zu zählen, doch ließ er von dem für ihn schwierigen Unterfangen beinahe erleichtert ab, als er feststellte, dass die Zahl der bizarren Bausteine um ein Vielfaches höher war, als die höchste Zahl, die ihm sein Lehrer zuletzt noch hatte einbläuen können, bevor Herakles ihn erschlagen hatte. Der Sohn von Zeus und Alkmene war kein einfacher Schüler gewesen.

Nun also kam Herakles dieser Kyknos in die Quere, der von seiner Schädel-Stätte behauptete, es handele sich um ein Bauwerk zum höheren Ruhme des Gottes Ares, welcher ein großer und schrecklicher Kriegsgott sei und von ihm Vater genannt werde. Um den Tempelbau zu vollenden, benötige er nur noch einen letzten Schädel und da komme ihm der des Herakles gerade recht.

Als der Kampf begann, stand die Sonne im Zenit, warf aber schon lange Schatten, als er endlich entschieden war und nicht Herakles', sondern Kyknos' Kopf den höchsten Punkt des mythischen Ossuariums an der jetzt ein wenig gefahrloser zu befahrenden Fernstraße zwischen Thermopylai und Tempe bildete. Wahrscheinlich halb zu Ehren und halb zur Besänftigung einer Furcht und Schrecken verbreitenden Gottheit, dachten nicht wenige Reisende, während andere meinten, es handele sich womöglich um ein Kunstwerk. "Land-Art" oder "Skulpturen-Weg" hätten sie vielleicht gesagt, wenn sie davon schon eine Ahnung gehabt hätten.

Herakles' unbeabsichtigter Selbstmord

Auf dem mehr als zweitausend Meter hohen Gipfel des Oita, welcher zu einem südöstlichen Ausläufer des Pindos-Gebirges gehört, wehte ein kalter Wind. Unter unsäglichen Schmerzen hatte Herakles alles, was er in der näheren und weiteren Umgebung an brennbarem Material finden konnte, zu einer Art Scheiterhaufen zusammengetragen. Sein Jugendfreund Philoktetes, den die Götter gesandt haben mussten, hatte ihm dabei geholfen. Einige Fetzen des Hemdes, das seine mehr oder weniger ahnungslose Ehefrau Deianeira für ihn genäht und mit dem Blut des Kentauren Nessos beträufelt hatte, klebten noch an Herakles' Haut. Lieber wollte er sterben, als diese durch nichts zu lindernden Schmerzen länger ertragen zu müssen.

Tue mir bitte einen letzten Gefallen und setze diesen Stapel aus trockenen Ästen und Dornengestrüpp mit einer Fackel in Brand, sobald ich mich der Länge nach auf ihm ausgestreckt habe, sagte Herakles zu Philoktet, nachdem er seinem finalen Lager noch ein paar Kiefernzapfen hinzugefügt hatte. Ich vermache dir dafür meine Keule nebst meinem Bogen mit dem Köcher und den äußerst wirkungsvollen Giftpfeilen darin. Mit einem von ihnen habe ich den Kentauren Nassos oder Nessos, oder wie er hieß, an seinem linken Pferdefuß erwischt, als er versuchte, meine zukünftige Frau Deianeira zu entführen. Der Sterbende muss ihr dann wohl wahrheitsgemäß weisgemacht haben, ein paar bei Bedarf auf meine Kleidung geträufelte Tropfen seines Blutes würden mir den Appetit auf andere Frauen für immer verderben. Als ich neulich in einem Anfall von Torschlusspanik dieser kleinen Idole oder Iole, oder wie sie hieß, den Hof machte, hielt Deianeira es offenbar für angezeigt, ihre Geheimwaffe zum Einsatz zu bringen. So wurde sie zum Medium meiner Selbsttötung, da es ja mein eigenes Pfeilgift ist, welches mir nun das Weiterleben unerträglich macht. Auf dem Umweg über Nessos und Deianeira habe ich mich quasi selbst erschossen. Es wäre zum Lachen, wenn es zum Lachen wäre.

Nachdem Philoktet dieser relativ langen und verhältnismäßig tief- und scharfsinnigen Rede seines alten Freundes verwundert gelauscht und endlich den Scheiterhaufen entzündet hatte, mischte sich das hitzig lodernde Brennen der Flammen mit dem des vergifteten Nessos-Hemdes wie das Wasser eines Rinnsals sich mit den Fluten eines reißenden Stromes mischt. Und als die Sonne hinter den Gipfeln des Pindos-Gebirges verschwand, teilte oder verdoppelte sich Herakles in einen ewig olympischen und einen unendlich astralen Herak- oder Herkules. Der eine wurde zum unsterblichen Halbgott unter Göttern, der andere zu einem eher unauffälligen Sternbild unter Sternbildern.

Hypermestras Entscheidung für die Kleinfamilie

Vorbemerkung: Zu den populären mythische Personen-Konstellation gehört unverzichtbar die der verfeindeten Zwillingsbrüder. Atreus und Thyestes waren so ein prekäres Pärchen, aber auch Danaos und Aigyptos, bei denen das Antipodische darin gipfelte, dass der eine, Danaos, es irgendwann auf fünfzig Töchter und der andere, Aigyptos, auf fünfzig Söhne gebracht hatte. Um eine nachhaltige Versöhnung beziehungsweise Vertöchterung herbeizuführen, schlug Aigyptos vor, die beiden Großfamilien miteinander zu verheiraten, ein genealogisches Zukunftsprojekt mit gigantomanischen Zügen, auf das sich Danaos nach längerem Sträuben dann doch noch, aber, wie sich herausstellte, nur zum Schein einließ.

Sieben auf einen Streich - der märchenhafte Gruppen-Totschlag des sogenannt tapferen Schneiderleins ist nichts gegen den von Danaos befohlenen Massenmord an den Söhnen seines ihm verhassten Zwillingsbruders Aigyptos, dem König von, man ahnt es schon: Ägypten. Sieben mal Sieben in einer Nacht! Und runde Fünfzig wären es gewesen, wenn sich Hypermestra wie ihre neunundvierzig Schwestern an die Weisung ihres Vaters gehalten und ihrem Ehemann Lynkeus in der Hochzeitsnacht vor, während oder nach dem Liebestod den Garaus gemacht hätte - im Falle des "während" ein Koitus interruptus der besonderen Art.

"Dreimal erhob meine Hand das spitze Schwert, dreimal fiel sie zurück, nachdem sie das Schwert in schlimmer Absicht erhoben hatte", schrieb Hypermestra in einem von Publius Ovidius Naso erst einige Jahrhunderte später veröffentlichten Brief an ihren gerade noch dem Tode entronnenen Ehemann. Aus dem etwas verworrenen Schreiben geht nicht eindeutig hervor, ob sie Danaos, ihrem Vater und König von

Argos, den Gehorsam aus Liebe zu Lynkeus verweigerte, oder weil sie der Meinung war, "aptior est digitis lana colusque meis", also dass Wolle und Rocken als Waffen des Friedens im Falle ihrer Finger angemessener seien als eine Kriegswaffe.

Hypermestras Kriegsdienstverweigerung führte jedenfalls dazu, dass Lynkeus die Hochzeitsnacht der langen Messer anders als seine neunundvierzig Brüder und Halbbrüder unbeschadet überstand, während Hypermestra wegen ihrer Treue zum falschen Mann zunächst in Ketten gelegt und vor Gericht gestellt wurde. Sehr wahrscheinlich war es die Fürsprache Aphrodites, die zu ihrem Freispruch führte. Da man zwischen Korruption und Götterverehrung schon und gerade in mythischen Zeiten nicht klar unterscheiden konnte noch wollte, ließ Hypermestra im Gegenzug zu Ehren der Liebes-Göttin von einem damals namhaften Bildhauer eine Statue anfertigen und im Tempel des Apollon aufstellen. Anschließend dauerte es dann auch nur noch ein paar Jahre, bis Danaos seinen Schwiegersohn Lynkeus als solchen anerkannte und ihn zu seinem offiziellen Nachfolger auf dem Thron von Argos erklärte.

In einem Gedicht von Horaz wird Hypermestra wegen ihres Verrats am Vater als "splendide mendax", als bewundernswert heuchlerisch gepriesen, doch ist das ein Ehrentitel, auf den in diesem wie in anderen Mythen-Thrillern so mancher Akteur und nicht wenige Aktricen Anspruch erheben könnten.

Poseidons Warten auf den Weltuntergang

Amphitrite wollte ihn erst nicht haben und lief vor ihm davon zu Atlas, dem Träger der Himmels-Kugel, oder vielleicht auch nur ins Atlas-Gebirge. Als dann ein Delphin oder ein gewisser Delphinos sie zu ihm zurück brachte, überlegte Amphitrite es sich anders und wurde seine Frau. Mag sein, dass der poppig gelbe, submarine Kristallpalast, in dem er wohnte, bei ihrem Sinneswandel eine Rolle gespielt hat.

Die kryptische Rede ist oder war von Poseidon, dem Gott des

Meeres, der als großer Pferde-Freund den Beinamen Hippios trug. Derart ausgeprägt war seine Hippophilie, dass er sogar zwei Pferde gezeugt hat, eines davon quasi natürlich in Gestalt eines Hengstes und, wie es sich gehört, mit einer Stute, die aber eigentlich seine Schwester-Göttin Demeter war, möglicherweise auch seine Gattin Amphitrite - als Stuten betrachtet, sehen Frauen, insbesondere aus der Sicht eines Hengstes, einander sehr ähnlich. Areion oder Arion, der aus dieser Besamung hervorging, hätte eigentlich sagen können müssen, wer seine Mutter war, denn es handelte sich bei ihm um ein Pferde-Wunder oder Wunder-Pferd, das sprechen und bis hundert zählen konnte. Wahrscheinlich hat ihn einfach niemand danach gefragt.

Mit Amphitrite, die Poseidons Dreizack nach der Eheschließung nur noch aus der Hand gab, wenn ihr Gemahl von einem Maler oder Bildhauer porträtiert werden sollte, hatte Poseidon den Sohn Triton, man nannte ihn einen Kentauren des Meeres, und die Töchter Rhode und Benthesikyme. Mit dem Dreizack konnte man oder frau übrigens Blitze, Erdbeben und kleinere Sintfluten machen.

Liebschaften hatte Poseidon wie sein Bruder Zeus jede Menge, wobei eine amouröse Drift ins Monströse nicht zu übersehen ist. So zeugte er in einem Tempel der Pallas Athene mit Medusa den Pferde-Vogel Pegasus, der allerdings erst zur Welt kam, nachdem die beim Liebesakt noch schöne Schwangere von Athene, der Herrin der Liebeslaube, wegen deren angeblicher Verunreinigung in ein Ungeheuer verwandelt worden war, welchem dann Perseus, um Pegasus' Geburt einzuleiten, noch den Kopf abschlagen musste.

Mit der Meeresnymphe Thoosa zeugte Poseidon den einäugigen Riesen Polyphem, mit seiner Großmutter Gaia den an die dreißig Meter hohen Riesen Antaios, mit oder ohne Euryale den riesenhaften Jäger Orion, bei dessen Erzeugung neben Poseidon auch noch Zeus und Hermes, vielleicht auch Ares beteiligt gewesen sein sollen.

Als Atlantis noch nicht Atlantis hieß, machte Poseidon dort eine Entdeckung namens Kleito, die ihm danach eine Fünfer-Serie von Zwillingspärchen gebar. Atlas, ein Namensvetter des Sphären-Trägers, wurde als Erstgeborener König des Inselreichs, das von da an den wohlklingenden Namen Atlasantis trug. Was Platon, der mit der Kunst und dem Schönen bekanntlich ein Problem hatte, nicht gefiel, weshalb er Atlasantis zu Atlantis verschliff, eine angeblich sprachergonomisch gebotene Verunstaltung, die bis heute nicht korrigiert worden ist.

Die Affären, die Poseidon darüber hinaus und nebenbei mit etwelchen namenlosen Nymphen hatte, sind Legion und können hier unter ferner liefen rubriziert werden. Noch erwähnenswert ist dagegen vielleicht eine homoerotische Beziehung zu Pelops, den Poseidon als Kleinkind beinahe verspeist hätte, weil sein Vater Tantalos ihn anlässlich einer Einladung der Götter zu sich nach Hause aus dubiosen Gründen als Vorspeise servieren ließ.

Nach Franz Kafka sind diese Amouren, oder wie man es nennen will, frei erfunden, wie auch die Vorstellung, dass Poseidon "immerfort mit dem Dreizack durch die Fluten kutschiere", nichts mit der Wirklichkeit zu tun habe. In Wahrheit nämlich sitzt Kafkas Poseidon in der Tiefe des Meeres und ist mit Berechnungen und der Erstellung von neuerdings vorwiegend klimatologischen Statistiken im Rahmen der Gewässerverwaltung beschäftigt. Unterbrochen wird dieses eintönige Leben nur von gelegentlichen Dienstreisen zu Zeus, von denen er fast immer wütend zurückkehrt. So habe er "die Meere kaum gesehn, nur flüchtig beim eiligen Aufstieg zum Olymp, und niemals wirklich durchfahren." Und er pflege zu sagen, sagt Kafka, "er warte damit bis zum Weltuntergang, dann werde sich wohl noch ein stiller Augenblick ergeben, wo er knapp vor dem Ende nach Durchsicht der letzten Rechnung noch schnell eine kleine Rundfahrt werde machen können."

Von einem, der sich für Zeus hielt

Wie es in postnapoleonischen Zeiten Menschen gab, die sich für Napoleon hielten, so kam es in mythischen Zeiten vor, dass Männer auftraten, die vorgaben, Zeus zu sein. Apollodors Mythologische Bibliothek gibt dafür ein Beispiel.

Ein gewisser Salmoneus, der über seinen Großvater Hellen, nach welchem die Griechen Hellenen genannt werden, möglicherweise von Zeus abstammte, gab sich, wie es in der Mythologischen Bibliothek des Apollodor heißt, als Zeus aus und verlangte, dass ihm zu Ehren geopfert werde: "Er schleppte an seinem Wagen ausgetrocknete Felle und eherne Kessel nach und nannte das 'donnern', warf brennende Kerzen in die Luft und nannte das 'blitzen'. Zeus aber erschlug ihn mit dem Donner und vertilgte die von ihm erbaute Stadt mit allen ihren Bewohnern." Und soll danach etwas gebrummt haben wie: "Du sollst den Namen Gottes nicht missbrauchen, denn dein Herr und Zeus wird den nicht ungestraft lassen, der seinen Namen missbraucht."

LAST NOT LEAST

Von Artemis zu Maria

Dass Maria, die Mutter Jesu, wie eine Göttin angebetet und verehrt wurde und wird, ist ein offenes Geheimnis und eine der Merkwürdigkeiten der christlichen Variante des sogenannten Monotheismus. Will man den Kult um Maria mit einem Ort und einem Datum in Verbindung bringen, so ist als Ort Ephesus und als Zeitpunkt das Jahr 431 zu nennen. Beim dritten ökumenischen Konzil in einer der bedeutendsten Städte Kleinasiens wurde Maria zur "Gottesgebärerin" und zum legitimen Objekt der Anbetung und Verehrung erklärt. Dass die amtliche Aufnahme Mariens in den christlichen Olymp gerade in Ephesus oder Ephesos bekanntgegeben wurde, kam nicht von ungefähr, gab es doch an gleicher Stelle über viele Jahrhunderte hin einen oder mehrere Tempel der Artemis, als deren Reinkarnation wir Maria bezeichnen dürften, wenn so etwas wie Reinkarnation unter Göttinnen infrage käme. Denn wie Maria war Artemis die personifizierte Jungfräulichkeit, wie sie war sie eine Mutter der Mutterschaft und für beide wurde eine nicht gleichgültige Beziehung zum Mond festgestellt. Selbst die bei Artemis in markant extrovertierter Weise hervortretenden kriegerisch-jägerischen Wesenszüge müssen bei Maria in verinnerlichter, möglicherweise auto-aggressiver Form vorhanden gewesen sein: Man betrachte nur ihre zahllosen Porträts als "Mater Dolorosa", auf denen Marias Herz von bis zu sieben Schwertern gleichzeitig durchbohrt wird.

Kleine Musenkunde

Neun Nächte lang schwelgte Zeus an und in der Erinnerung, deren mythischer Name Mnemosyne lautete, und die eine Tochter von Uranos und Gaia, also eine Titanin und Schwester von Zeus' Vater Kronos war. Ein Jahr später gebar Mnemosyne ihrem Neffen, aber ebenso uns allen, die neun Musen, als da waren und sind: Klio ("die Rühmende"), zuständig für Geschichtsschreibung im Allgemeinen und Helden-Gedenken im Besonderen; Euterpe ("die Erfreuende"), Göttin der Lyrik und der Lyra, allgemeiner: der Tonkunst; Thalia ("das blühende Glück") war anscheinend die Komödiantin unter den Musen; Melpomene ("die Singende") hat viel Unglück und Leid gesehen und besungen, vorzugsweise als Tragödin auf der Bühne; Terpsichore ("die Tanzfreudige") - sie soll erst das Tanzen und später den Tanz ums Goldene Kalb der Wissenschaftlichkeit erfunden haben; Erato ("die Liebreiche") - Liebesgedichte, Lovesongs und Balz-Tänze fallen in ihr Resort (da scheinen Konflikte mit Euterpe und Terpsichore vorprogrammiert zu sein); Polyhymnia ("die Hymnenreiche") ist die Spezialistin für Hymnen, also für sakrale und profane Lobgesänge, unter den Musen; Urania ist nach ihrem Groß- und Urgroßvater Uranos (soviel wie "Himmelsgewölbe") benannt, daher die Muse der Astronomie und damit womöglich auch der Astronomen; Kalliope ("die Schönstimmige") ist die Muse der Wissenschaft, der Philosophie, der Saiteninstrumente sowie der epischen und der elegischen Dichtung - vielleicht ein bisschen viel für eine einzige Muse, zumal schon einige ihrer Schwestern ähnliche Kompetenzfelder für sich reklamieren. Aber für das Musische im engeren Sinn können niemals zu viele Musen zuständig sein - wenigstens eine wird dann hoffentlich bei Bedarf in Kuss-Laune sein.

Sah ein Gott ein Knäblein stehn, Knäblein auf der Weiden

In einem Brief an Charlotte von Stein, geschrieben zu Rom im dort keineswegs traurigen Monat November welchen Jahres auch immer, erwähnt Johann Wolfgang Goethe ein "antickes" Gemälde auf Kalk, das den Ganymed vorstelle, "der dem Jupiter eine Schale Wein reicht und dagegen einen Kuß empfängt". Also wird es wohl wahr sein, was die einen sagen, nämlich dass Zeus alias Jupiter etwas mit Ganymed, "dem vor Freude und Jugend Strahlenden", wie man seinen Namen übersetzen könnte, gehabt hat, wohingegen andere davon nichts wissen wollen und darauf bestehen, dass es sich um ein zwar fragwürdiges Dienstleistungsverhältnis, aber nicht um ein Verhältnis gehandelt habe. Mundschenk, so eine Art olympischer Oberkellner, sei Ganymed gewesen und als solcher von Kopf bis Fuß aufs Schenken im Sinne von Ein- oder Nachschenken eingestellt, und sonst gar nichts.

Zeus hatte sich den attraktiven Hirtenknaben von einem Wirbelwind oder einem Adler aus Kleinasien herbeischaffen lassen. Oder er selbst ist es in Gestalt des Orkans beziehungsweise des Adlers gewesen, der die Herde ihres Hüters beraubt hat - wer wäre in der Lage zu entscheiden, ob in so einem Wind oder Adler nur ein Adler oder vielmehr ein Gott sein windiges Wesen treibt. Als Vater des Ganymed kommen zwei Könige von Troja in Betracht: Tros und Laomedon. Und statt für den Entführten Lösegeld zu fordern, war Zeus selbst derjenige, der dem einen oder dem anderen als Ablöse-Entgelt einen goldenen Weinstock oder ein paar windschnittige Rosse übereignete.

Die Unklarheiten und Ungereimtheiten im Zusammenhang mit der Affäre Ganymed setzten sich übrigens bis ins spät-vormoderne Italien hinein fort. Denn das von von Goethe im Brief an die von Stein beschriebene Bild war für die einen, darunter auch der andere Olympier selbst, mehr oder weniger zweifelsfrei antik, für die anderen aber das Werk des Malers und Restaurators Anton Raphael Mengs.

Auch Mengs selbst war der Meinung, dass er das Bild gemalt habe, was er tatsächlich im letzten Moment, nämlich auf dem Totenbett, zu Protokoll gegeben haben soll.

Eris und ihr goldener Zankapfel

Steh auf, Männchen, sagte Thetis zu Peleus, die ersten Götter werden gleich da sein. Und du weißt ja: keiner hat abgesagt. Tatsächlich kamen alle bis auf die eine, die nicht zur Hochzeit eingeladen worden war: Eris, die Göttin der Zwietracht, Tochter der Nacht Nyx. So sah es jedenfalls eine Zeitlang aus, bis sie dann doch noch aufkreuzte. Offenbar hatte jemand den Mund nicht halten können oder wollen.

Dass die Braut eine Nymphe war, auf die Zeus dann doch lieber zu Gunsten von Nemesis, der leiblichen Mutter Helenas, verzichtet hatte, tut eigentlich nichts zur Sache. Erklärt aber, warum Thetis ihren Bräutigam zu dessen Leidwesen eingangs als Männchen angesprochen hat. Verglichen mit Zeus war er für sie ein Mann im Diminutiv, da konnte Peleus sein und haben wie und was er wollte.

Als Göttin der Zwietracht führte Eris stets mindestens einen Zankapfel mit sich. So auch an diesem Abend. Der Apfel war aus Gold und trug die Gravur "Für die Schönste". Eris hatte auch welche aus Silber, aber die waren nicht so wirkungsvoll und liefen ständig an. Sie hatte es schon erleben müssen, dass die Leute, anstatt sich um einen ihrer silbernen Äpfel zu zanken, voller Eifer, aber durchaus gesittet, darüber diskutierten, wie man ihn am besten reinigen könne.

Bei Eris' Eintreffen war das Hochzeitsfest in vollem Gang und bei Nektar und Abrosia unterhielt man sich angeregt. Höchste Zeit, für ein wenig böses Blut zu sorgen, was für "die rastlos lechzende Eris", wie es bei Homer heißt, "wandelnd von Schar zu Schar" kein Problem war. Hera, der sie es, wie Eris ahnte, zu verdanken hatte, dass sie nicht eingeladen worden war, Pallas Athene und Aphrodite - diese drei waren ihr schon immer gegen den Strich gegangen. Als sie das Trio als kleinstmögliche Schar beisammenstehen und ihr wegen ihrer hinkendkümmerlichen Gestalt abschätzige Blicke zuwerfen sah, ließ sie wie aus Versehen den folgenreich beschrifteten goldenen Apfel fallen. Er rollte vor die Füße der Grazien und blieb mit der Gravur nach oben liegen.

Schon damals galt, was die nicht an Eris glaubenden Eris-Gläubigen, die sogenannten Diskordier, kürzlich in einem ihrer Gebote so formuliert haben: "Jeder goldene Apfel ist das geliebte Heim eines goldenen Wurms." Zeus' Zeitplan wollte es, dass erst einige Zeit nach der Hochzeit der Trojaner Paris den Gold-Wurm stichigen Gold-Apfel in die seiner Meinung nach richtigen Hände legte. Und das waren die der Aphrodite, aber nicht, weil Paris diese für die Schönste hielt, sondern weil ihr Bestechungsangebot für ihn das verlockendste war: die schönste Frau der Welt als Gemahlin gegen die Verleihung des Titels einer Miss Olymp.

Zank und Streit waren mit dem Urteil des Paris natürlich nicht beigelegt, sondern erreichten im nun kaum noch vermeidbaren Trojanischen Krieg - die schönste Frau der Welt, Helena, war nämlich schon mit Menelaos verheiratet - einen Höhepunkt nach dem anderen. Demgegenüber ist der astronomische Kategorien-Streit über die Frage, ob Pluto ein Planet ist oder nicht, vergleichsweise harmlos. Der neulich neu entdeckte Himmelskörper, der die Kontroverse um Pluto ausgelöst hat, erhielt völlig zu Recht den Namen Eris.

Aus dem mythischen Alltag

Schließlich verwandelte Zeus, um der Sache ein Ende zu machen, die eine der beiden Schwestern in eine Nachtigall und die andere in eine Schwalbe, ihren Verfolger Tereus aber in einen Wiedehopf. Warum war Tereus mit gezogenem Schwert hinter den nunmehr in zwei andere Vögel verwandelten Täubchen her gewesen? Weil Philomela ihm den Kopf seines Sohns Itys zugeworfen und dabei gerufen hatte, hier sei noch der Rest vom Dionysos-Fest, die genießbaren Teile habe er ja schon aufgegessen.

Sohn Itys musste dran glauben, weil seine Mutter Prokne in ihm nur noch den Vater sah, auf den sie, gelinde gesagt, nicht gut zu sprechen war. Denn er hatte nicht nur zu Beginn ihrer Ehe regelmäßig sie selbst, sondern kürzlich auch mehrfach ihre Schwester Philomela vergewaltigt. Für den Sohn des Kriegsgotts Ares war das allerdings nur die im väterlichen Zweig der Familie übliche Art und Weise gewesen, mit dem anderen Geschlecht geschlechtlich zu verkehren.

Prokne, die spätere Mutter seines Sohns Itys, hatte Tereus geheiratet, weil sie ihm von deren Vater Pandion als Lohn für geleistete Kriegsdienste überlassen worden war. Und seine Schwägerin Philomela hatte er vor ein paar Wochen entführt und an einem geheimem Ort gefangen gehalten, nachdem sie bei ihrer psychisch angeschlagenen Schwester Prokne zu Besuch gewesen war. Obwohl Tereus ihr die Zunge abgeschnitten hatte, fand Philomela einen Weg, ihre Schwester wissen zu lassen, wo sie sich aufhielt und was ihr widerfahren war.

Denn eine verschlüsselte Nachricht, die Philomela in ein Gewand, welches sie ihrer Schwester durch eine Sklavin zukommen ließ, hineingeschneidert hatte, informierte Prokne über die groben Verfehlungen ihres Ehemanns und darüber, wo sie festgehalten wurde. Im bacchantischen Drunter und Drüber eines Dionysos-Festes kam es nach Philomelas Befreiung dann zu jener grotesken Szene, die zu Beginn dieser ziemlich gerafften Wiedergabe mythischer Alltäglichkeiten geschildert worden ist.

Zur Rolle einer Kuh bei der Gründung von Ilion

Dass eine hölzerne Statue in Gestalt einer Göttin beziehungsweise eine Göttin in Gestalt einer hölzernen Statue quasi aus dem Nichts vom Himmel fällt, war in jener Zeit, als zwischen dem naturgesetzlich Legalen und dem, was ganz und gar nicht geht, noch nicht "wissenschaftlich", also kompromisslos unterschieden wurde, beinahe eine Art Normal-Fall.

So begab es sich etwa auf der Halbinsel Tauris (heute Krim), dass unversehens eine in Holz geschnitzte Artemis durch die Wolkendecke brach. Da auch Frauen-, Kunst- und anderer Raub zu den landesüblichen Sitten und Gebräuchen gehörte, dachte Orest sich nichts dabei, als er die Hölzerne später nach Athen entführte - zumal er da gerade erst seine Mutter Klytaimnestra und deren Liebhaber getötet, um nicht zu sagen: ermordet hatte. Ein weiterer Figuren-Einschlag ereignete sich bei der Gründung von Troja alias Ilion, wovon im Folgenden berichtet werden soll.

In der später so genannte Antike maß eine Elle knapp fünfzig Zentimeter. Die Pallas Athene in Holz, die anlässlich der Gründung der Stadt Ilion von Zeus abgeworfen oder gestiftet wurde, war drei Ellen oder eineinhalb Meter lang oder hoch - ein Standard-Figuren-Maß, dessen ästhetische Belastbarkeit mehr als zweitausend Jahre später von barbarischen Holzschnitzern in Hunderten, wenn nicht Tausenden von vergleichbaren Fällen bestätigt wurde. Nur dass die Göttinnen da nicht Athene oder Artemis, sondern Maria, Maria Magdalena, Anna, Barbara, Katharina oder Johannes Evangelist hießen.

Der Gründer von Ilion hieß Ilios, wobei schwer zu sagen ist, ob Ilios nach Ilion oder Ilion nach Ilios benannt wurde. Dieser Ilios jedenfalls hatte beim Speerwerfen eine Kuh, fünfzig Frauen und fünfzig Männer gewonnen. Das Besondere an der Kuh war, dass man mit ihrer Hilfe eine Stadt mit einer großen Zukunft gründen können sollte. Man musste nur daran glauben, dass eben dort, wo sich die Kuh nach einer kürzeren oder längeren Wegstrecke niederließ, der Ort mit dem nicht zu übertreffenden Standortvorteil war.

Da aber Ilios beim Speerwerfen geschummelt hatte (sein Freund hatte das Wurfgerät nach dessen Aufschlagen versteckt und die offenbar plausible These vertreten, der Speer sei bis in den Himmel geflogen), wollte er sich vergewissern, dass die Götter ihm den Betrug nicht übel nahmen. Hätten sie der Stadtgründung ihren Segen verweigert, wäre die magische Wirkung der Kuh womöglich neutralisiert worden. Also bat Ilios Zeus um ein Zeichen seiner Gunst. Und Zeus antwortete ohne zu zögern mit dem Palladion, einem geschnitztes Abbild seiner Tochter Pallas Athene, "welches auf der

Burg von Troja als Unterpfand der öffentlichen Wohlfahrt aufbewahrt wurde", wie es in einem populären enzyklopädischen Netz-Werk heißt.

Dass Troja dennoch erobert wurde, ist bekannt. Zuvor musste aber erst noch Odysseus das Palladion in einer Nacht-und-Nebel-Aktion in seinen Besitz bringen. Die in Holz geschnitzte Athene machte zwar die Stadt, in der sie sich befand, uneinnehmbar, nicht aber sich selbst immun gegen Diebstahl.

Romeo und Julia auf dem Schlachtfeld vor Troja

Was Patroklos, einen der prominenten griechischen Kämpfer vor Troja, und Polyxena, die jüngste Tochter des Königs der belagerten Stadt, verbindet, ist die durch Teile der Mythologie voll und ganz verbürgte Tatsache, dass sie wahrscheinlich beide von einem gemeinsamen Dritten, nämlich von Achilleus, geliebt worden sind. Während an Achills Liebe zu Patroklos kaum gezweifelt werden kann, lässt die Beziehung zwischen dem Griechen und der trojanischen Prinzessin unterschiedliche Sichtweisen zu oder, richtiger gesagt, je nach Sichtweise stellt sich diese Beziehung entweder als mehr oder weniger große Liebe oder als nicht existent dar.

Einem Mythen-Kolporteur unserer Tage dürfte es in Anlehnung an kursierende Gerüchte nicht schwer fallen, sich festzulegen und zu fabulieren: Achill war zwar ein monströser Schlächter, aber Polyxena hat ihn rätselhafterweise geliebt und er liebte sie. Und wer eine Tochter des Erzfeinds in sein Herz schließt, kann kein ganz schlechter Mensch sein. Homer dagegen kennt nicht einmal den Namen der Prinzessin und erst recht weiß er nichts von einer Liebe seines Haupt- und Parade-Helden Achilleus zu ihr. Seine Geschichte des Trojanischen Kriegs beginnt mit einem Fanfarenstoß, der den Zorn des Achill ob der Tötung seines geliebten Freundes Patroklos annonciert. Die ganze "Ilias" ist, wenn man so will, nichts anderes als die Transformation dieses initialen Signals einer Zorn gewordenen

Freundes-Liebe in episch sich fortpflanzende Hexameter-Wellen. Betrachtet man demgegenüber die detailreichen paramythologischen Geschichten und bildlichen Darstellungen, die von dem erzählen, was sich zwischen Polyxena und Achill vor, bei und nach dessen Tod abgespielt haben soll, dann drängt sich der Verdacht auf, dass es sich beim Schweigen Homers in Bezug auf Polyxena um ein gleichermaßen beredtes wie poetologisch weises Schweigen handelte, um ein Tot- und Verschweigen von etwas, das nicht sein konnte, weil es (noch) nicht sein durfte. Romeo und Julia auf dem Schlachtfeld vor Troja: Der Konflikt zwischen dem Ethos des heroischen Sippen-Krieges und der höheren Moral der Liebe war für Homer, so wird man vermuten dürfen, ein Stoff, für dessen inhaltliche Auf- und formale Zubereitung er die Zeit noch nicht für gekommen hielt.

"Willst du schon gehn, Achill? Der Tag ist ja noch fern. / Es war die Nachtigall, und nicht die Lerche, / Die eben jetzt dein banges Ohr durchdrang; / Sie singt des Nachts auf dem Oliv'baum dort. / Glaub', Lieber, mir: es war die Nachtigall." Um dieses oder Ähnliches aus dem Munde einer Polyxena zu vernehmen, mussten, das war Homer klar, erst noch etliche Sänger- und andere Kriege gewonnen und verloren werden.

Nur Anchises blieb Anchises

Wenn es eine Brücke zwischen der griechischen und der römischen Mythologie gibt, so ist Aeneas alias Aineias derjenige, der sie in Begleitung seines Vater Anchises und seines Sohns Askanios als erster betreten und überschritten hat. Falls man nicht sogar so weit gehen will zu sagen, dass Aineias selbst der Pontifex, also der Erbauer jener Brücke gewesen ist, über die dann nicht nur er selbst, sondern auch das olympische Personal zu gehen hatte, um vom griechisch zum römisch benannten obskuren Objekt der religiösen Routinen zu konvertieren.

Auf der römischen Seite angelangt, hieß Aineias' Mutter nicht mehr Aphrodite, sondern Venus, seinen Sohn nannte Aeneas fortan Ascanius und sich selbst nicht mehr Aineias, sondern Aeneas. Auch stammte er nicht mehr von Zeus, sondern von Jupiter ab. Und es war nicht mehr Hera, vor der sich die Exil-Trojaner unter Aeneas' Führung in Acht nehmen mussten, sondern Juno. Auch wenn es vor Beginn des Trojanischen Kriegs nicht Juno gewesen war, welcher der Trojaner Paris den goldenen Schönheits-Apfel *nicht* gegeben hatte, sondern Hera. Allein Aineias' oder Aeneas' Vater Anchises blieb nach wie vor Anchises. Aber der war ja ein Sterblicher durch und durch, woran auch der Umstand nichts ändert, dass sich Aphrodite alias Venus vorübergehend unsterblich in den schönen Hirten verliebt hat.

Hekate: Die Göttin mit den drei Gesichtern

Triforma war einer der vielen Beinamen der Göttin Hekate. Dreifaltigkeit ist demnach kein exklusives Privileg von Gott Vater, Sohn und Heiligem Geist. Dass Hekate als Göttin respektiert wurde, eher zuerst als zuletzt auch von Zeus, steht außer Frage - "höchste Achtung genießt sie im Kreis der unsterblichen Götter", schreibt Hesiod. Und doch scheint sie mythologisch eine Außenseiterin gewesen zu sein. Wichtiger als die Kolleginnen und Kollegen Götter und Göttinnen waren ihr die Menschen, von denen sie sich am liebsten junge Hunde als Opfer darbringen ließ. Doch begnügte sie sich ansonsten auch mit einfachen Rauch-Gaben. Man verbrannte, was man beim Kehren zusammengefegt hatte, auf einer Tonscherbe, die man anschließend wegwarf.

Es war Hekate, an die sich viele Menschen in erster Linie wandten, wenn es darum ging, sportliche oder kriegerische Siege zu erringen, große Fische zu fangen, die Oliven wachsen und das Vieh gedeihen zu lassen oder auf andere Weise sein Glück zu machen. Eigentlich logisch, dass eine Göttin, die vom Handel und Wandel mit den Menschen so in Anspruch genommen wird, nur wenig Zeit und Lust hat, sich für die

Liebesaffären und Machtkämpfe des Olymps zu interessieren, geschweige denn, sich in diese verwickeln zu lassen, auch wenn solches in Ausnahmefällen vorkam.

Zeus scheint großen Respekt davor gehabt zu haben, dass Hekate ihren göttlichen Beruf als Berufung verstand, jedenfalls liest man bei Hesiod über den Sohn des Kronos (deshalb "Kronide"): "Niemals übte Gewalt gegen sie der Kronide, nie rührte er an die Macht, die ihr zukam unter den früheren Göttern", womit insbesondere die Titanen gemeint sind, von denen sie unmittelbar abstammte.

Denn das Einzelkind Hekate war die Tochter der Titanide (Titanen-Nachfahrin) Asteria und des Titanen Perses. Wie Zeus war sie ein Enkelkind von Gaia und Uranos, also war das Chaos beider Urgroßvater und -mutter. Nur dass Zeus zu jener Fraktion der Titanen-Sprösslinge gehörte, die den Machtkampf um den Olymp für sich entscheiden konnten und sich anschließend als die eigentlichen und wahren Götter ausgaben - von Einzelfällen wie der Ausnahme-Göttin Hekate einmal abgesehen.

Worin Hekates Triformität, die sie unter anderem zur Göttin der Weggabelungen machte, bestand, ist im Nachhinein nicht eindeutig zu klären. Die bildlichen Darstellungen, die es von ihr gibt, helfen da kaum weiter. William Blake zeigt nur eines ihrer drei Gesichter, auf älteren, schon etwas verblichenen Bildern sieht man junge Frauen, von denen wahrscheinlich eine so schön war wie die andere. Da fällt es nicht leicht zu glauben, dass, wie behauptet wird, in einem ihrer Gesichter das Vergehen, im zweiten die Leere und in ihrem dritten Gesicht das Entstehen zu sehen sei. Oder dass in Hekate die jungfräulich frühen, die reifen mittleren und die ebenso weißen wie weisen Jahre selbdritt präsent sein sollen.

Last not least ist es William Shakespeare, der eine weitere Deutungsmöglichkeit andeutet, wenn er in seinem "Macbeth" die Trinität von Donner, Blitz und Regenguss ins Spiel bringt, indem er gleich zu Beginn des mörderischen Dramas eine der drei Hexen, die aus drei verschiedenen Richtungen zusammengekommen sind, fragen lässt: "When shall we three meet again / In thunder, lightning, or in rain?" Auf einer abstrakten Ebene lässt sich daraus womöglich schließen: Wenn sich eine Dreiheit hekatisch zur Einheit amalgamiert, verdient das Phänomen, sei es nun Gott, Göttin oder Drama, unsere besondere Aufmerksamkeit.

Die ganze Umbringerei weglassen?

"Wir sollten die ganze Umbringerei weglassen", sagt Puck, Hofnarr des Elfenkönigs Oberon, in der ersten Szene des dritten Akts von William Shakespeares "Ein Sommernachtstraum" und erweist damit seinem Zweitnamen Robin Goodfellow die ihm gebührende Ehre. Doch leichter gesagt als getan, wenn es sich bei dem Stoff, der zur Aufführung kommen soll, um einen mythologischen handelt.

Theseus, König oder (bei Shakespeare) Herzog von Athen, beabsichtigt, Hippolyte oder (bei Shakespeare) -ta zu ehelichen. Leichter annonciert als vollzogen, wenn es sich bei der Braut um eine Amazone handelt, könnte man meinen. Doch war von ihrer Seite weder in Shakespeares fiktivem Spiel noch in Wirklichkeit, also im Mythos, mit ernst gemeintem Widerstand zu rechnen. Im Gegenteil: Um Theseus nach Athen zu folgen, hatte Hippolyta oder -te ihre Lebensgefährtin Antiope verlassen. Was diese nicht einfach so hinnehmen wollte. Ob Antiope bei ihrer geplanten Strafaktion gegen Athen auf einen Sinneswandel Hippolytes hoffte, oder ob sie es ihr und ihrem Neuen einfach nur heimzahlen wollte, sei dahingestellt.

Da der Begriff des Mythos ein dehnbarer ist, der für inhaltliche Varianten viel bis allzu viel Spielraum lässt, sollte man weder Shakespeares Bühnen-Fassung noch das vom zeitgenössischen Zeitgeist durchwehte Narrativ von der homoerotischen Beziehung zwischen den streitbaren Damen für die mythologische Wahrheit halten. Wahr ist, was stimmig zu sein scheint.

Auch für wahr gehalten wurden Geschichten, in denen Antiope als Schwester oder Tochter von Hippolyte auftrat (was eine lesbische Verbindung natürlich nicht ausschloss) oder Antiope es war, die von Theseus nach Athen mitgenommen oder entführt wurde. In einem Artikel eines nicht mehr wegzudenkenden Online-Lexikons liest sich das unter der Überschrift "Antiope (Amazone)" so: "Nach Pausanias ist sie die Schwester der Amazonenkönigin Hippolyte, der Gattin des Theseus. Nach Servius ist sie Hippolytes Tochter, nach Hyginus war sie eine Tochter des Ares und wurde wegen eines Orakelspruchs von Theseus getötet. Theseus überbrachte ihr ein Geschenk von Herakles, woraufhin sie später an seiner Seite gegen die in Attika einfallenden Amazonen kämpfte und ihren Tod fand" - von wegen: "die ganze Umbringerei weglassen".

Ein noch nicht vorhandenes Schreiben als nicht mehr benötigtes Beweismittel

Vor dem falschen Vorwurf der sexuellen Belästigung oder der versuchten, wenn nicht vollzogenen Vergewaltigung sind nicht nur Wetter-Moderatoren nicht sicher. Das mythologische Urbild des zu Unrecht eines sexuellen Übergriffs Bezichtigten ist Hippolytos, Sohn des Theseus und der Amazone Hippolyte oder auch deren Amazonen-Schwester, -Tochter oder -Freundin Antiope. Etwas von einer Amazone hatte auch die Göttin der Jagd Artemis, zu der sich Hippolytos in quasi ödipaler, doch ganz und gar platonischer Verehrung entschieden stärker hingezogen fühlte als zu seiner Stiefmutter Phaidra, von der er so gar und ganz nichts wissen wollte.

Phaidra, die gebürtige Kreterin, war die Schwester von Ariadne, die Theseus, damals noch Prinz von Athen, dabei geholfen hatte, den Minotauros unschädlich zu machen. Anstatt Ariadne, wie es sich wohl gehört hätte, anschließend zu heiraten, fuhr Theseus nach einem Halt auf der Insel Naxos ohne die bis dahin mit an Bord gewesene Tochter des Minos auf und davon.

Zur Hochzeit mit Ariadnes Schwester Phaidra, sie war wohl aus freien Stücken das, was man ein Mauerblümchen nennt, kam es später wahrscheinlich aufgrund außenpolitischer Erwägungen, das heißt, um Feindseligkeiten zwischen Kreta und Athen eher unwahrscheinlich oder doch wenigstens etwas weniger wahrscheinlich zu machen.

Dann aber begegnet Phaidra Hippolytos, Theseus' Sohn aus seiner ersten Ehe mit der einen (Hyppolite) oder der anderen (Antiope) Amazone. Und da ihr die passenden Worte nicht über die Lippen kommen wollen, schreibt sie ihm einen der von Publius Ovidius Naso um die vorvorletzte Jahrtausendwende erfundenen Heroinen-Briefe. Vielleicht ahnte Phaidra immer schon, dass ihre Liebe nicht auf Gegenliebe stoßen würde, da sie gleich in der Einleitung zu bedenken gibt: "Der Feind sieht sich auch ein Schreiben an, das er von einem Feind erhalten hat" und diagnostiziert gleichwohl bei sich selbst "eine heftige Liebe", die ihr "tief in den Knochen" sitze. Hippolyts für andere "hartes und grimmiges Gesicht" sei in ihren Augen "nicht hart, sondern kraftvoll". Und: "Fern bleiben sollen mir die wie eine Frau frisierten jungen Männer! Männliche Schönheit verlangt danach, nur in Grenzen gepflegt zu werden. Dir steht deine Strenge und die unordentlich fallenden Haare und der leichte Staub auf deinem erlesenen Gesicht."

Die ein wenig inzestuös anmutende Mutter-Sohn-Beziehung zwischen ihr und dem unehelichen Sohn ihres Ehemanns hält Phaidra zum einen für moralisch vertretbar und zum anderen für einen Camouflage-Vorteil: "Unsere Schuld wird unter dem Deckmantel der Verwandtschaft verborgen werden können. Selbst wenn jemand unsere Umarmungen sieht, werden wir beide gelobt werden und ich werde eine meinem Stiefsohn in Treue ergebene Stiefmutter genannt werden." Ihr neuer, verbotener Verkehr würde dem alten, sozial akzeptierten Umgang zum verwechseln ähnlich sehen: "Wie ein und dasselbe Haus uns beherbergt hat, so wird ein und dasselbe Haus uns weiter beherbergen. Du gabst mir unverhohlene Küsse und du wirst mir weiterhin unverhohlene Küsse geben." Die zum Ehebruch Entschlossene geht sogar so weit, ihrem Liebhaber in spe anzukündigen: "Du wirst zusammen mit mir sicher sein und wirst dir noch durch deine Schuld Lob verdienen, selbst wenn man dich in meinem Bett erblicken wird."

Doch für Phaidra und Hippolyt galt nun einmal nicht, dass sein Anker ihrem Strand versprochen war, wie es in einem anderen Ovid-Brief heißt. Als Phaidra feststellen muss, dass weder ihre (also Ovids) werbenden Worte noch die Aussicht auf einen kretischen Insel-Palast Hippolytos dazu bewegen können, dem erotischen Begehren seiner Stiefmutter leiblich und emotional entgegen zu kommen, bringt sie sich kurzerhand um - nicht ohne zuvor in einem finalen Brief, adressiert an ihren nun doch nicht gehörnten Ehemann, Hippolytos des unziemlichen Verhaltens ihr gegenüber bezichtigt zu haben.

Auf der Flucht vor seinem Vater hat Hippolytos dann zur Freude späterer Maler und Bildhauer einen tragischen Unfall mit seinem Pferde-Rennwagen. Wäre es, wie im Fall des eingangs erwähnten TV-Moderators, stattdessen zu einem Prozess wegen Vergewaltigung oder sexueller Belästigung gekommen, hätte Ovids Brief den Angeklagten entlasten und zu seinem Freispruch führen können. Vorausgesetzt, Hippolyt wäre noch im Besitz des Schreibens gewesen und dieses hätte zum fraglichen Zeitpunkt bereits existiert und wäre nicht erst ein paar hundert Jahre später nicht aus erotischen, sondern aus literarischen oder ero-literarischen Gründen geschrieben worden.

Manege frei für die Psychopompoi

"Farewell the neighing steed, and the shrill trump, / The spirit-stirring drum, th' ear-piercing fife; / The royal banner, and all quality, / Pride, pomp, and circumstance of glorious war!" Mit diesen Worten verabschiedet sich Othello in der dritten Szene des dritten Aktes des nach ihm benannten Shakespeare-Dramas nicht nur von seinem fassungslos aufwiehernden Ross, sondern er verzichtet zugleich auf alles, was sein ruhmreiches Kriegshandwerk an Stolz, Pomp und sonstigem Drum-und-Dran bisher für ihn bereitgehalten hat. Wenn Desdemona ihn betrogen hat, wie der ausgekochte Jago dem Feldherrn weismachen konnte, verliert alles seinen Wert, was Othellos Dasein bis jetzt Sinn und Glanz verliehen hat - last not least eben auch der militärische Pomp und dessen circumstances.

Pompös im abschätzigen Sinn ist der Pomp nur für den, der festlichen Auf- und Geleitzügen, noch dazu im militärischen Rahmen, beispielsweise dem eines sogenannten Großen Zapfenstreich, nichts Positives abgewinnen kann. Sieht man von den negativen Bedeutungsanteilen des Wortes ab, bedeutet Pomp soviel wie

Sendung, Geleit, feierlicher Aufzug. Ein Psychopompos ist daher kein Gemütsprotz, sondern ein Seelenführer oder feierlicher, um nicht zu sagen pompöser: ein Seelengeleiter.

Hermes war beispielsweise einer. Als Psychopompos bestand seine Aufgabe darin, die Seelen der Verstorbenen ins Totenreich zu führen. Da er auch der Schutzgott der Reisenden war, entsprach dieser Spezial-Service seinen hermetisch-natürlichen Neigungen und Fähigkeiten. Werfen wir im folgenden aber ausnahmsweise einen kurzen Blick auf Hermes' Kolleginnen und Kollegen in den anderen Mythen-Kreisen.

Bevor Anubis im Neuen Reich des Alten Ägypten zum hauptamtlichen Totengeleiter ernannt wurde, waren es die Caniden (die Hundeartigen), insbesondere die Schakale, die als kreatürliche Seelenführer ins Land der Toten, welches übrigens im Westen lag, fungierten. Davon übrig blieb Anubis' äußere Gestalt, denn man muss sich den ägyptischen Gott als Hund oder Schakal oder als eine Art Mensch mit Caniden-Kopf vorstellen.

Im mittleren und höheren Norden übernahmen oder übernehmen es die Walküren, die Schlacht- und Schild-Jungfern, die auf dem Schlachtfeld ehrenvoll Gefallenen, man nennt sie die Einherjer, nach Walhall zu bringen. Dort dürfen die Toten dann bis in alle Ewigkeit und jeweils bis zum erneuten Umfallen tagsüber weiterkämpfen und abends Met trinken. Die geschlechtlich-erotischen Beziehungen zwischen Einherjern und Walküren beschränken sich auf einen sachlich motivierten Kuss zum Zwecke der rechtzeitigen Wiederbelebung vor dem allabendlichen Zechgelage. Mehr wäre der Erhaltung der Kampfkraft hier und der Jungfräulichkeit dort auch nicht zuträglich.

In der christlichen Mythologie wird anscheinend derjenige zum Seelen- oder Totenführer, der gerade zur Verfügung steht. In der Apokalypse des Moses etwa, die nicht Teil des biblischen Kanons ist, erhält der Erzengel Michael von Gott den Auftrag, Adam in den dritten Himmel zu bringen und ihn dort mit einem bequemen Hausanzug und Toilettenartikeln zu versehen. Eine eher umstrittene Geleit-Figur ist dagegen diejenige des Christophorus, des Christus-Trägers. Wie eine Mischung aus Hermes und dem ägyptischen Anubis kommt er einem vor, wenn man erfährt, dass er nicht nur als Schutzheiliger der Reisenden gilt, sondern im Bereich der Ostkirche als Kynokephalos, als Hundsköpfiger, dargestellt wurde. Dass er anbetungswürdig sei, wurde wiederholt negiert oder zumindest infrage gestellt. Wer die Seelen zwar nicht ans Himmelstor geleitet, dort aber empfängt und nach ihrem Begehr fragt, ist bekanntlich der mit dem Schlüssel aller Schlüssel ausgestattete Simon Petrus. Zwar ist ein Türsteher kein Fremdenführer, aber wer, nachdem er Zutritt zum himmlischen Jenseits erhalten hat, von Petrus wissen möchte, wo es denn nun zum Baum der Erkenntnis und zum Schlangen-Terrarium gehe, dem wird der um Auskunft Gebetene diese sicher nicht verweigern.

Im Fall jenes tödlich getroffenen Sheriffs in Bob Dylans Song "Knocking on Heaven's Door" scheint es dessen eigene Frau gewesen zu sein, die den Dahinscheidenden bis an die Himmelstür begleitet hat. An sie wendet er sich mit der letzten Bitte, ihn von seiner Dienstmarke und seiner Waffe zu befreien. Die säkular-menschlichen Seelengeleiter und -geleiterinnen sind am Ende womöglich die, auf die man sich bei aller Unzulänglichkeit noch am zuverlässigsten verlassen kann.

Schuld und Sühne bei Herakles

Schuld und Sühne, man könnte auch sagen Verbrechen und Strafe, sind die ethisch-kriminologischen Horizonte, zwischen denen sich Herakles' Biographie ein gutes Stück weit mäandernd hin und her bewegt. Nachdem er in paranoider Verkennung der Realität seine Frau Megara und die mit ihr gezeugten Kinder erschlagen hatte, sühnte Herakles auf dringende Empfehlung des delphischen Orakels die Tat, indem er zwölf Jahre lang im Dienste des Eurystheus in zehn plus zwei Fällen scheinbar Unmögliches möglich machte. Seinem biographischen Muster folgend, lud Herakles nach Ablauf der Duodekade jedoch erneut Schuld auf sich, als er spontan einen gewissen Iphtios oder Eurytos oder auch beide ans Ufer des Styx sandte, wo Charon immer schon wartete.

Die ungute Rolle, die Hera bei all diesen Bluttaten spielte, wurde als mildernder Umstand erneut in Rechnung gestellt, führte aber auch dieses Mal weder zu einem moralischen noch zu einem delphisch-juridischen Freispruch. Weitere drei Jahre der Unterordnung unter einen fremden Willen waren die Konsequenz, die Herakles zu tragen hatte.

Dass ihm die sechsunddreißig Monate unter der lydischen Königin Omphale in gleicher Weise sauer wurden wie die zwölf Jahre bei Eurystheus, darf allerdings bezweifelt werden. Denn im mythologischen Klatsch und Tratsch wollen die Gerüchte nicht verstummen, wonach Omphale an Herakles im hormonell gesteuerten Rhythmus Forderungen stellte, denen ihr Sklave ohne eine psychophysisch positive Einstellung zum Inhalt des dominalen Begehrens gar nicht hätte nachkommen können.

Die Geschichte von Amor und Psyche nach Apileius

Dass Voluptas, deren Namen man je nach Gusto übersetzen kann mit Geilheit, Wollust oder Freuden beziehungsweise Wonnen der Liebe, dass also Voluptas eine Tochter des Liebes-Gottes und des schönsten aller schönen Seelchen ist, hätte man sich, wenn man es nicht immer schon gewusst oder geahnt hat, eigentlich denken können. Der bis dahin offenbar noch wollustlose und also irgendwie anders erregte und erigierte Amor zeugte Voluptas mit Psyche, spätestens nachdem Zeus alias Jupiter dieser einen Teller Ambrosia vorgesetzt und sie durch gutes Zureden dazu gebracht hatte, die für ihren noch allzu menschlichen Gaumen gewöhnungsbedürftige Götter-Suppe restlos auszulöffeln. Ohne Ambrosia gibt's keinen Amor und ohne diesen kein Happyend, hatte Zeus lakonisch festgestellt. Nur durch die Einnahme des olympischen Antidots gegen den Tod erlangte Psyche jene göttliche Unsterblichkeit, die sich Amors Mutter Venus Aphrodite als

Voraussetzung für ihre Zustimmung zur Verbindung ihres Sohnes mit einer von Menschen Abstammenden angeblich ausbedungen hatte. Dass es sich in Wahrheit ein wenig anders verhielt, macht im Endeffekt keinen Unterschied. Aber eins nach dem anderen.

Am Anfang war der Neid, sprach Jupiter, daher als erstes ein Löffelchen für deine zukünftige Schwiegermutter Venus, die vor unserer Integration in den römischen Kult- und Kulturraum Aphrodite hieß, und die mit ihrer rasenden Eifersucht auf deine Schönheit die Sache überhaupt erst ins Rollen gebracht hat. Als nächstes ein Löffelchen für Zephyr, der dich, als du nach einem Beschluss des delphischen Orakels angeblich einem Ungeheuer vermählt werden solltest, wie ein milder Westwind sanft vom Warte-Opfer-Felsen geholt und in Amors Palast geweht hat. Auch je ein Löffelchen für deine beiden törichten Schwestern, ohne deren infektiöse Neugier du noch immer Nacht für Nacht mit Amor amore machen würdest, ohne jemals zu erfahren, wer da alle vierundzwanzig Stunden zu sich selbst zu Besuch kommt, um noch vor Morgengrauen wieder zu entschwinden. Zum Glück war das die Nachtigall und nicht die Lerche, murmelte er einmal, bevor er sich aufrappelte und die Tür hinter sich ins Palast-Schloss zog. Aber schon in der nächsten Nacht hast du dem Drängen deiner Schwestern nachgegeben und im Licht einer Öllampe die Gesichtszüge des Schlafenden studiert, wobei ein Tropfen heißen Öls auf seine schöne Schulter gefallen war. Wortlos hatte Amor seine Sandalen angezogen und war für immer gegangen. Es heißt, du habest danach deine Schwestern umgebracht, was ich mir bei dir aber wirklich nicht vorstellen mag, weshalb ich den Gerüchten nie Glauben geschenkt habe.

Das viele Reden hatte Jupiter durstig gemacht. Er ließ sich eine Schale Nektar bringen und fuhr, an Psyche gewandt, fort: Nun aber unbedingt noch ein Löffelchen für die Ameisen, die dir geholfen haben, die schlechten Körner auszulesen, für das Schilf, mit dessen Hilfe du den menschenfressenden Schafen entkommen bist und für den Adler, der dir das Wasser vom Styx gebracht hat. Lauter vermeintlich unlösbare Aufgaben, die dir von der tobenden Venus gestellt worden waren, derweil sie ihren Sohn Amor mit Hausarrest bestraft hatte. Wie konntest du aber auch auf die Idee kommen, bei deiner Suche nach Amor ausgerechnet sie nach seinem Aufenthaltsort zu fragen!

Das vorletzte Löffelchen, sagte Jupiter dann, ist für Proserpina, die Göttin der Unterwelt, die dir bei der Erledigung des vierten und schwersten Auftrags mitleidig entgegengekommen ist. Die an ihrer Schönheit immer verzweifelter zweifelnde Venus hatte von dir verlangt, ihr mindestens sieben Kyathoi von der Schönheit der Proserpina zu bringen. Mit der Bemerkung, dass vier Kyathoi mehr als genug sein dürften, hatte dir Proserpina einen verschließbaren Taschen-Krater in die Hand gedrückt. Wenn du geahnt hättest, dass sich in dem Tongefäß nicht Schönheit, sondern eine große Müdigkeit befand, hättest du auf dem Rückweg der Versuchung, den Krater zu öffnen, vielleicht widerstanden. Du hattest Glück, dass Amor nach Missachtung des ihm auferlegten Hausarrests dich fand und wachküsste, noch bevor die Heckenrosen, in die du gesunken warst, über dir zusammenwachsen konnten. Er hat mich dann gebeten, ein Machtwort zu sprechen und seiner Mutter ein Angebot zu machen, das sie nicht würde ablehnen können. Also schlug ich Venus, von der ja einige sagen, dass sie meine Tochter sei, vor, dich durch das Verabreichen von Ambrosia unsterblich zu machen, damit sie an ihrer Schwiegertochter wenigstens in puncto Unsterblichkeit nichts auszusetzen hätte. Erst genauso schön wie ich und jetzt auch noch unsterblich, zeterte Venus, sah dann aber ein, dass jeder weitere Widerstand zwecklos gewesen wäre.

So, sagte Jupiter, indem er die noch im Teller befindlichen Ambrosia-Reste zusammenkratzte. Und dieses letzte Löffelchen ist für einen, den du noch nicht kennst, aber, da du jetzt unsterblich geworden bist, zu gegebener Zeit kennenlernen wirst. Er wird Apuleius heißen und ein römischer Dichter sein. Ihm werde ich die Geschichte von Amor und Psyche in den Stilus diktieren, während es ihm so vorkommen wird, als würde sie ihm eben gerade einfallen. Dann wird es auch seine Erzählung sein und nicht mehr nur die unsere. Denn nur die Geschichten gehören einem wirklich, die man selbst nacherzählt hat.

Am Wadi Inachos: Ios Spuren im Sand

"Now you say you're lonely, you cried a long night through. Well, you can cry me a river, cry me a river: I cried a river over you" - schrieb der amerikanische Songwriter Arthur Hamilton, der eigentlich Stern hieß, 1953. Nach Abbruch ihrer erfolgversprechenden Karriere als Fahrstuhlführerin, also gewissermaßen als Tellerwäscherin, hat Julie London zwei Jahre später Hamiltons Song populär gemacht.

Der erste, der einen Fluss zusammengeheult hat, war aber nicht der reuig gewordene Ex-Lover des lyrischen Ichs von Hamilton oder London, sondern Inachos, der König von Argos, nachdem er von Zeus aus Mitleid in ein trockenes Flussbett verwandelt worden war. Mitleid oder eine göttliche Geste der Menschlichkeit war die absonderliche Metamorphose deshalb, weil Inachos zuvor unter schweren Anfällen von Angina Pectoris gelitten hatte, angeblich ausgelöst durch einen um sein Herz gewundenen Strick. Den hatte sich Inachos letztlich selbst gedreht, indem er Gott und die Welt und schon im voraus Teile seiner Nachkommenschaft zu verfluchen nicht müde geworden war. Dass die Rachegöttin Tisiphone es gewesen sei, die aus zusammengetragenen Partikeln des von Inachos verfluchten Kosmos' ein Seil verfertigt und selbiges dem von Hass Erfüllten ums Herz gelegt habe, ist eine Theorie, die mit dem Fortschritt der medizinischen Aufklärung eigentlich obsolet geworden ist, die aber von ewig Mythologischen bis heute vertreten wird.

Seine Umwandlung in ein Flussbett ohne Fluss war aber nicht der Grund dafür, dass Inachos weinte und, indem er weinte und weinte, in einem Akt autopoietischer Selbstverwirklichung zum fließenden Gewässer mutierte. Nein, seine Tochter Io in Gestalt einer weißen Kuh war es, die ihn zu Tränen rührte. Zur Kuh war sie wegen und durch Zeus geworden. Wenn Zeus jemanden, häufig sich selbst, verwandelte, dann war das nicht selten erotisch motiviert. In Ios Fall wollte er verhindern, dass seine Gemahlin Hera auf die Idee kam, er wolle etwas mit ihr, also mit Io, anfangen. Als ob er noch nie Bock auf eine Kuh gehabt hätte, aber daran wollte Zeus in diesem Moment auch und gerade durch sich selbst nicht erinnert werden. Hera, die im Verdrängen von peinlichen Erinnerungen nicht so routiniert war wie ihr Gemahl, schickte sicherheitshalber eine Bremse los, damit sie die weiße Kuh, die angeblich nicht Io war, fortan vor sich her treibe.

So kamen Io und die Bremse eines Tages auch an ein trockenes Flussbett, das ihrem Vater Inachos zum Verwechseln ähnlich sah. Da sie nicht sprechen und das Flussbett wahrscheinlich nicht hören und antworten, aber möglicherweise lesen konnte, schrieb sie mit ihrer linken Rindsklaue die ganze tragische Geschichte von ihrer Zwangsverpflichtung zur Tempel-Priesterin der Hera, ihrer sexuellen Belästigung durch einen Traum, in dem Zeus sie möglicherweise sexuell belästigen wollte, ihrer erzwungenen Um-die-Welt-Flucht nach der Verwandlung in eine Kuh, mithin all das, worüber ihr Vater so allumfassend in Rage geraten war, in den Sand am Rand und also in Sichtweite des Flussbetts. Um Inachos ein Lebenszeichen zu hinterlassen, hätte ein schlichtes "Io was here" ja genügt. Aber sie wollte sich das alles einmal von der Seele schreiben und auch ihrer Bremse kam eine Verschnaufpause nicht ungelegen.

Nachdem Io den langen Brief zur Erklärung ihres damals überstürzten Abschieds mit einem "liebe Grüße, Deine Io" beendet hatte, weckte sie die Bremse aus ihrem Schlummer und ließ sich von ihr nach Ägypten treiben, um dort ihren Anspruch auf die noch unbesetzte Stelle der Göttin Isis anzumelden. Wegen des Mythographs im Sand, das mittlerweile von den Tränenfluten des durch seinen Inhalt gerührten Inachos fortgespült worden war, waren sie spät dran und mussten sich, in Ägypten angekommen, hinten anstellen. Direkt vor Io warteten Demeter und Aphrodite, vor diesen Pallas Athene, Artemis und, ausgerechnet, Hera. Die anderen Aspirantinnen waren Io namentlich nicht bekannt.

Wer die Stelle bekommen hat, ist mythologisch umstritten. Daraus, dass Isis häufig mit dem Kopf einer Kuh oder mit Kuhhörnern dargestellt wird, schließen einige, dass es wohl Io gewesen ist, welche die Jury am Ende überzeugen konnte. Zumal die Bewerbungen der oben genannten Göttinnen nur als uneigentliche Gesten zum

Zeitvertreib, als eitle Launen ihrer olympischen Natur verstanden werden können. Sie wussten genau, dass Zeus sie niemals aus ihrem auf ewig und drei Tage geschlossenen Vertrag entlassen würde.

Der Mythos führt nicht nach Hause, sondern immer zu weit

Wer Chimären loswerden will, sollte es einmal mit ungefähr faustgroßen Bleikugeln versuchen. Mit einer solchen hat Bellerophon auf Pegasos reitend die Chimaira, das mythologische Vor- und Urbild aller monströsen Triploid-Wesen, erledigt. Dass Bellerophon nicht "Chimärentöter", sondern "Töter des Belleros" heißt, sei hier am Rande erwähnt, aber nicht weiter erläutert, denn das würde jetzt zu weit führen, wenngleich in der Mythologie grundsätzlich alles stets überallhin, also nicht dem romantisch begabten Novalis folgend "immer nach Hause", sondern eben immer zu weit führt.

Blei schmilzt bekanntlich schon bei relativ niedrigen Temperaturen, so dass eine Bleikugel größeren Formats im feuerspeienden Rachen einer Chimäre in der Regel tödliche Folgen haben wird. Löwe, Ziege und Schlange oder Drache sind die drei wesentlichen Komponenten, aus denen sich eine den mythologischen Vorschriften entsprechende Chimäre zusammensetzt. Wobei unter den Experten bezüglich der anatomischen Details der Chimären-Physis keine Einigkeit herrscht. So vertreten Chimairologen in der Nachfolge Hesiods die Ansicht, ein veritables Exemplar einer Chimäre müsse drei Köpfe (den eines Löwen, einer Ziege und einer Schlange) besitzen, während die Homerianer einer Chimäre nur einen einzigen Kopf, nämlich den eines Löwen, zubilligen wollen.

Eine Menagerie der Monstrositäten würde der betreten haben, der die Chimaira einmal zu Hause im gleichnamigen Ort Chimaira bei Olympos in Lykien besucht hätte. Ihr Vater Typhon war ein polyglotter Riese mit hundert Drachenköpfen und über die kaum von einer Schlange unterscheidbare Mutter Echidna wird bis heute gesagt, dass ihre Großmutter väterlicherseits "Miss Ugly" Medusa gewesen sei. Chimairas Geschwister waren die nach ihrem Vater geratene Hydra, der mehrfach hundsköpfige Kerberos und ein geflügelter Löwe mit Frauenantlitz, der unter dem Namen Sphinx reüssierte; schließlich auch noch Orthos, der in jüngeren Jahren häufig mit seinem Bruder Kerberos verwechselt wurde. Orthos fand später eine Beschäftigung als Hütehund auf der Insel Erytheia, wo er die Rinder des Geryoneus bewachte. Allerdings nur bis Herakles kam und sowohl ihm als auch seinem Arbeitgeber auftragsgemäß den Garaus machte.

Dieses (mein erstes) Buch widme ich
allen Schusterjungen und Hurenkindern.
Ich bin einer von Euch.

Lothar Rumold
im Februar 2021